幽霊絵師火《か》狂《きよう》

筆のみが知る

近藤史恵

角川文庫
24024

目次

序幕

一瞬、風が吹いた気がした。

思わず足を止める。だが、着物の裾《すそ》も袖《そで》も揺れはしなかった。

ただ、なにかが通り過ぎていったのだ。

よくあることだ。特に知らない土地を歩いているときには。

他の人には見えぬものが、自分には見える。見えなくても存在を感じられる。

子供の頃から、それが疎ましくて気が重かった。人に伝えても、信じてもらえないから、次第に口をつぐむようになった。

なのに、いつの間にか、それを見て、描くことが飯の種になっている。やっかいなことだ。

ひとつ場所には長居しない。土地も人も長くつきあえばつきあうほど、絡みついてくる。そのうち、そこに縛られて動けなくなる。それが怖い。

大阪は思いの外、居心地が良くて長く過ごしてしまった。もう二年ほどになる。

しばらくいた、四天王寺《してんのうじ》の寺を出て、どこに行こうか迷っていたとき、新町《しんまち》の料理屋が居候させてくれるという話になった。

もとは揚屋だったというから、そこなら、女たちの恨みが堆《うずたか》く蓄積しているかもしれない。だったら少しは飯の種になる。

二月か三月ほどいたら、次はまた別の土地に行こう。手放したくないわずかな絵と、筆と、煙管《キセル》。荷物はそれだけだから身軽なものだ。賑《にぎ》やかな新町を歩きながら、ときどき、風のようなものが脇を通りぬけていくのを感じる。

まるで自分を呼んでいるようだ、と、はじめて思った。

角を曲がると、そこが、その料理屋だ。また足を止めて、気配を確かめる。

想像していたより、風通しが良く、重苦しいものはなにも感じない。

それなりに、遊女たちを大事にしていたのか。揚屋がまったく恨みを買わないわけではないが、身売りが禁止され、商売替えした後の十年で、消え去るほどの恨みしか抱かれていなかったのかもしれない。

客でもないのに、正面から入るつもりはない。そう思っていたのに、なぜか吸い込まれるように足が動いた。

店先に座っている人がいた。そんなところにいるのは、あきらかにおかしいのに、料理屋で働く人間は誰も気にとめていない。

興四郎《きょうしろう》は、その人影の前に立った。

真っ赤な振袖と、吹輪の鬘《かつら》。白粉《おしろい》で白く顔を塗った、美しい女形《おんながた》だった。どこかで見たような気がする。

「あんた、誰だ?」

女形は、ただ、興四郎を見上げて、にっこりと笑った。

座敷小町

胸を病んでいると言われたのは、十二のときだった。

その日から、真阿《まあ》は自分がはりぼてになったような気がした。そう。はりぼて。内側ががらんどうで、ぺらぺらの紙だけが輪郭を形作っている。雨に濡《ぬ》れただけでも穴が空き、踏みつけられればぺしゃりとへこむ。微熱が続き、胸の奥になにかが引っかかったような気がする。やたらに身体が重くて、なにもしていないのに、疲れてしまう。

母の希与《きよ》も、父の善太郎《ぜんたろう》も、部屋から出てはならないと言った。

一日のほとんどを、自室で横になって過ごし、ときどき母の目を盗んで庭に出ては、黒塀の中から空を眺める。希与から、裁縫を教わったり、絵草紙や赤本を読む。

夕餉《ゆうげ》の時間がきても、少しもお腹は減らない。精をつけなければならないから、いやいや食べて、そのあとにひどく苦い薬を飲み、夜風に当たらないように早く布団に入る。

そんな毎日を、二年繰り返した。

父も母も、「養生していれば、必ず治る」と言う。

ふたりがそう言う理由はわかる。もし、真阿に妹がいて、その子が胸を病んだのなら、真阿もそう言うだろう。

必ず治るよ、と。

それはこの先が見えるからでもなんでもなく、ただ可愛い妹を悲しませたくないからだ。両親だって同じだろう。

胸の病は簡単には治らない。そんなことくらい真阿も知っている。

いつまで生きられるだろうか。十四になったが、十二の時とくらべて、ひどくなったような気はしないから、十五や十六までは生きられるかもしれない。でも、その先はどうだろう。

十八になり、二十になり、そのもっと先まで生き延びることなど、とうていできないような気がする。

「しの田《だ》」は大きな料理屋で、真阿はひとり娘だから、腕のいい板前か、才覚のある使用人を婿にして、店を継ぐようにと言われているけど、まったく現実味がない。

真阿が死んでも、たくさんいる従兄弟《いとこ》の誰かを養子にして、しの田は続いていくのだろう。その方がよっぽどありえそうな未来に思える。

そう考えても、少しも悲しいような気持ちにはならない。むしろせいせいするくらいだ。

今、苦しいのは、夜が長いことだ。

絵草紙を見ていると叱られるから、行灯《あんどん》の火を消して、ただ布団の中で横になる。少しも近づいてこない眠気を、ただ待ち続ける。

闇が塊のような重量を持って、身体にのしかかる。

心臓の音がやけに大きく聞こえる。広くてがらんどうな部屋で、やけに話し声が響くように。

そんなとき、真阿はいつも思うのだ。

自分は、はりぼてでからっぽだ、と。


真阿が一日を過ごすのは、しの田のいちばん奥にある小さな部屋だ。

昔、新町がもっと栄えていて、しの田が揚屋だった頃には、遊女たちがこの部屋に息抜きをしにきて、火鉢を囲んで話をしていたと話には聞いている。

もう十年以上前に、遊女という名前は消えた。しの田も料理屋になった。今、しの田に呼ばれてやってくるのは、芸妓《げいぎ》だけだ。三味線を聞かせたり、踊りを見せたりするらしい。

真阿は客が遊んでいる座敷をのぞいたことはない。渡り廊下の向こう、料理屋の厨《ちゅう》房《ぼう》や座敷がある方に行くことは禁じられている。

それでも、三味線や胡弓《こきゅう》の音は真阿のいる部屋まで聞こえてくる。華やいだような笑い声や、賑《にぎ》やかなざわめきに、耳をすますのが好きだ。

その日、布団の上で、お手玉をしていると、渡り廊下のあたりで、善太郎と希与が口論しているのが聞こえた。

「若い娘がいる家に、どこの馬の骨かもわからんお人を、居候に置くなんて……」

「店の方には、使用人の男もたくさんいるやろう。男がひとり増えるだけや。いらん心配はせんでええ」

「使用人は皆、堅いところから紹介してもろうてます。そんな聞いたこともない絵師やなんて……」

「おまえは聞いたことないか知らんけど、東京では有名な絵師や。火狂《かきょう》の絵なら、高く売れるし、店に飾れば、それ目当てでくる客も増える。しの田にとっても損やないやろう」

母が少し黙った。頭の中で計算をしているのだろう。

昔は、渡り廊下のこちら側も、店の座敷として使っていたのが、今は使用人や、真阿たちが暮らす部屋になっている。

「つこうてへん座敷はたくさんあるし、飯は厨房のまかないを届けさせたらええ。風呂《ふろ》は外に使いに行くと言うてるし、掃除洗濯くらいは自分でやるやろう。おまえに苦労はかけへん」

「せやかて……」

なにか言いかけて、母は口を閉ざした。父は言いだしたら誰のことばも聞かない。説得するだけ無駄だと思ったのだろう。

「ひとつだけ、約束してください」

「なんや」

「お真阿に近づいたら、すぐに追い出すと」

「当たり前や。せやけど、お真阿はまだ子供やし、火狂はもう四十近いで。心配するようなことは起こらんはずや。お半長右衛門《はんちようえもん》やあるまいし」

母が不機嫌に言った。

「わたしらかて年の差は同じようなものやないですか」

父は困ったように咳《せき》ばらいをした。

長右衛門が十四歳のお半と心中する『帯屋《おびや》』は有名な人形浄瑠璃《じようるり》だ。たしか、長右衛門は三十八。

どきりとした。「かきょう」という人がどんな人かもわからないし、どんな字を書くのかも知らない。

でも、もしかしたら、真阿と一緒に死んでくれる人かもしれない。お半長右衛門と同じ年同士なら、ありえない話ではない。

婿を取るなんて考えられない。でも、一緒に死んでくれる人がこの世界のどこかにいるかもしれないと思うと、少し胸が高鳴った。

このまま、ひとりで死ぬことになるよりもずっといい。

少なくとも、退屈はいつまでも続くわけではないのだ。

夜は嫌いだ。うとうとと眠っている間に夢を見るから。

ぐっすり眠ることができれば、夢など見ない。寝ているのか、起きているのか自分でもわからない境目に、夢はひょっこり顔をのぞかせる。

夢の中で、真阿は蔵に閉じ込められている。

閂《かんぬき》がかかっているのか、扉を強く押してもびくともしない。怖くて、喉《のど》が震えた。

大声を出そうとしているのに、かすれて呂律《ろれつ》も回らず、蚊の鳴くような声しか出ない。

「開けて、母様《かか》、開けて！」

真阿は泣きながら、扉を叩《たた》く。

「母様、母様」

拳《こぶし》がすりむけるほど扉を叩いても、誰も答えてはくれない。泣きじゃくりながら、真阿は階段を上がって、蔵の二階に上がる。そこには明かり取りの小さな窓がある。

窓からのぞいた真阿は息を呑《の》む。

母屋がごうごうと燃えさかる火に包まれているのだ。

そして、自分の悲鳴で目を覚ます。寝間着はいつも汗でぐっしょりと濡れている。

なぜ、そんな夢を見るのかわからない。希与はいつも優しくて、叱られて閉じ込められたことなどない。

そもそも、うちには蔵などないし、しの田は維新の前、徳川《とくがわ》将軍の時代に建てられた大きな建物だ。火事の痕跡《こんせき》もないから、なにもかもただの夢に決まっている。

それでも夢の中で、真阿はいつも蔵に閉じ込められて、母を呼んでいる。そして、母屋が焼け落ちるのを呆然《ぼうぜん》と見つめるのだ。

毎回、恐怖も絶望も鮮やかすぎて、その夢を見るとひどく疲れる。煙で咳《せ》き込む喉の痛みも、焦げ臭いにおいも感じる。

まるで本当に起こったことのようだ。

ときどき、考えることがある。

真阿は、希与の娘ではないのではないか、と。

使用人たちが、前のおかみさんの話をしているのを何度か耳にしたことがあるし、真阿は少しも希与に似ていない。善太郎よりも希与はずっと若い。胸を病む前、一緒に歩いていて姉のようだと言われたこともある。

夢に出てくるのは、真阿の本当の母様だったのかもしれない。

夢の中で、真阿を閉じ込めているのが、希与だと考えるのが怖い。

その夢が、ただの夢であるほど怖い。真阿が希与のことを怖いと考えているようなものだから。

母様は優しい。怖くない。真阿を閉じ込めているのは希与ではなく、死んだか離縁された、真阿の本当の母なのだ。

そう考えると、少しだけ不安が和らいだ。

自分が、なにから目を背けているのかもよくわからない。けれど、どうせ、そのうちに真阿は死んでしまうのだ。

死んで幽霊になれば、出歩いて、人の話に耳をそばだてて、本当のことを知ることができるかもしれない。

幽霊ならきっと、風のようにふわふわと漂って、どこまで行ってもくたびれたりしないのではないだろうか。

その人は、二階の奥の座敷に転がり込んだらしい。

人がひとり越してくるのだから、それなりの騒ぎが奥まで聞こえてくると思っていたが、静かなもので、真阿は翌日の夕餉の時に、はじめて知った。

真阿の世話をしてくれる、お関《せき》という女中が教えてくれた。

「なんや、白うて大きい人でしたよ。勧進相撲の力士みたいな」

「ふうん……」

青柳《あおやぎ》と分葱《わけぎ》のぬたを箸《はし》でつつきながら、真阿は頭の中で、その人の姿を想像した。たしか、南総里見《なんそうさとみ》八犬伝《はっけんでん》の小文吾《こぶんご》が大男だと書いてあった。暴れ牛を取り押さえる挿絵を思い出す。

お関は天井を指さした。

「ちょうど、この真上の座敷です」

見えるはずもないのに、真阿も上を見てしまった。

昨日から来ているというのに、物音一つしない。そんな大きな人ならば、歩き回る足音くらい聞こえてもいいのに。

好奇心を抑えきれずに、聞いてみた。

「お関はどんな人やと思った？」

「さあ……まだ挨拶《あいさつ》くらいしかしてませんからねえ。静かな人やとは思いますけど……」

お関も他の使用人も、二階で暮らしている。お関がそう言うのなら、あまり人と話したがらない人なのかもしれない。

絵草紙や錦絵《にしきえ》を見るのは好きだ。それだけが、真阿の世界のすべてだと言ってもいい。その人がどんな絵を描くのか見たくてたまらない。

二階に行くと叱られるだろうか。

座敷にいなさいとは言われているが、渡り廊下の先のように、行くと誰かに迷惑がかかるわけではない。

近づいてはいけないような恐ろしい人ならば、お関ももっと怖がっているはずだし、父が家に迎え入れるはずはない。

胸の音が急に大きくなる。

いつか、誰にも気づかれないように二階に上がって、その絵師を見てみたい。どんな絵を描くのか見せてもらいたい。

なんだか、身体の中にぽっと火が点《とも》ったようだった。冷えていた指の先が熱いような気がする。

お関が言った。

「お嬢様、今日は顔色がようございますねえ」

そうかもしれない。胸の奥で赤々と火が燃えている。

遠くに旅に出たり、馬に乗ったり、悪者を退治したりすることは、真阿にはできない。だが、二階に上がるくらいならできるはずだ。

その日、真阿は夕餉を残さずに全部食べた。


しの田がいちばん忙しいのは、夕方から夜にかけてだ。

父も母も、厨房と座敷をいったりきたりしているし、使用人たちもほとんど自分の部屋にいない。

二階に上がるならば、その時間がいちばんいい。

その人ならば、店が忙しかろうが、二階の自分の部屋にいるはずだ。

真阿は、障子を開けて、しばらく店の様子をうかがった。客があまりこずに、暇な日もあるが、今日は笑い声や三味線の音が聞こえるし、使用人たちが廊下をばたばたと歩いている音も聞こえてくる。

お関が、夕餉を運んでくるまでには、まだ時間があるはずだ。

真阿は身支度を整えた。髪を結い直してほしかったが、お関に頼むと、企《たくら》みに気づかれてしまうかもしれない。

仕方なく、自分で髪をまとめてかんざしを挿した。

また胸の音が大きくなる。でも、どくどくと血が流れているのも感じる。

何度も息を吐いて、吸った。ようやく胸の音が落ち着いてきたから、行動を開始する。

誰も渡り廊下を歩いてこないかうかがいながら、二階に向かう階段を上がる。ぎしぎしと階段が鳴るたびに、息が止まりそうになる。

二階の廊下に立って耳をすますが、ひどく静かで人の気配もない。

その人も出かけてしまったのだろうかと一瞬思った。風呂を使いに行ったのかもしれない。

しばらくじっとしていると、さらさらというかすかな音が聞こえたような気がした。

それと、誰かのためいき。

真阿は、ごくりと唾《つば》を飲み込んだ。

奥の部屋にそっと近づく。ちょうど、真阿が暮らしている部屋の真上。

襖《ふすま》に手をかけたとき、男の声がした。

「誰だい？」

普段はあまり聞かない、東の方の響き。

「真阿です」

真阿が名乗ると同時に、襖が開いた。最初は壁かと思った。

上を見ると、真っ白な顔があった。その人は真阿を見下ろして、にっこりと笑った。

「ここのお嬢様かい。なにかご用で？」

「あの……」

絵を見せてほしいと口に出す前に、男は奥の文机《ふづくえ》に戻ってしまった。まわりに描き損じのようなものがたくさんある。

知らない男の人と話すのは、ずいぶんひさしぶりだ。

「絵を見せていただけませんか？」

彼は振り返った。背中が大きいから、山みたいだ。身の丈は六尺くらいあるだろう。

「見せてやりたいけど、描いたものはだいたい売っちまったし、これから描かなきゃなにもないんだ。描き上げたら見せてやるよ」

真阿は足音を立てないように畳の上に上がった。男の肩越しに描いているものをのぞき込む。

髪の長い女性の絵だ。痩《や》せていて、横顔が美しい。

有名な絵師だと、父が言っていたけれど、それもわかるような気がする。

「女の人を描いているの？」

「ああ、そうだ」

男は振り返ると、真阿を見てはじめて気づいたように笑った。

「おや、あんたも別嬪《べっぴん》だなあ。あと、三年くらいしたら、描かせてもらいたいくらいだ」

「三年したら？　今は？」

真阿は三年後は生きていないかもしれない。

「まだ子供だからな」

子供扱いされて、少し腹が立った。

「お半は十四で心中しているのに」

そう言うと、男は目を見開いた。

「悪いことを知っているなあ。だが、子供が心中する話だから珍しくて人気なんだ」

言い負かされてしまった。真阿は唇を噛《か》んだ。

「まあ、早く大人になっても、いいことなんかなにもない。あと何年か経てば、否応《いやおう》なく大人にならなきゃならないし、大人になってしまえばもう子供には戻れねえ。俺の姉さんは、十四で吉原《よしわら》に売られて、結局、吉原からは出られなかった」

「どうして？」

「胸を患って、十八で死んだ」

真阿は下を向いた。

「わたしも胸を患っている」

男は一瞬、黙った。

「そうか。すまなかった。悪いことを言ってしまった」

「ううん。覚悟しているから平気。父様《とと》も母様も、絶対に治ると言うけれど」

「治らないと思ってしまうと治らないから、治ると思っておけばいいんだ。治るかもしれないのに、治らないと思って、うじうじしているのは損だ」

男は、絶対に治るとは言わなかった。そのことにほっとする。嘘をつかれることも、形だけの慰めを言われるのも嫌いだ。

「治らなかったら？」

「それでも治ると思ってる方が気楽じゃねえか」

そうかもしれない。どちらも自分で選べないなら、気楽な方を選んでもいいのかもしれない。

「名前はなんて言うの？」

「興四郎だ」

彼は、描き損じを裏返すと、そこにさらさらと文字を書いた。

「かきょうって、父様は言っていた」

「ああ、それは雅号だ」

彼は、興四郎の横に、「火狂」と書いた。字面のまがまがしさに、背筋がぞっとした。焼け落ちる屋敷の夢を思い出す。

「こわい」

そう言うと彼は困ったような顔で笑った。

「怖がらせるのが仕事だからな」

「怖がらせるのが……？」

「怖い絵を描いているんだ」

「ああ……だから、そんな名前を？」

「まあ、嫌がらせもあるがな」

「嫌がらせ？　誰への？」

興四郎は、筆を置いて、畳に肘《ひじ》をついてごろりと横になった。空《くう》に指で文字を書きながら話す。

「もともと師匠についていてね。歌川《うたがわ》何ちゃら興《おき》という名前をもらった。略して歌興《かきょう》だ。だから、破門になっても、同じ読みで、できるだけ不気味な文字を持ってきた」

だから、嫌がらせなのか。変わった人だと思う。

「お真阿殿は、別嬪だから、そのうち、しの田の小町娘と評判になるだろう。そうしたら、怖くない絵を描いて、俺が一儲《ひともう》けする」

「でも、部屋から出ちゃいけないと言われている……」

「病が治るまでのことだろう。それまでは、奥座敷小町だな」

興四郎が声を上げて笑ったから、真阿も笑った。

会ってみてわかった。興四郎は真阿と一緒に死んでくれるような人ではない。

それでも、真阿はこの大きな人のことが好きになりそうな気がした。


その数日後だった。

朝早く、障子を開けて、風に当たっていると母のなにやら憤ったような声が聞こえる。

答える声は、あまり聞こえてこないが、母の話し方から、相手が父であることはわかる。母は、使用人相手にはあまり高飛車な物言いをしない。母が感情をあらわにする相手は父だけだ。

なんとなく漏れ聞こえてくる内容から、興四郎のことだと察しがつく。

母は興四郎が居候することを快く思っていない。追い出してしまうのではないかと心配になって、真阿は廊下に出た。

声のする方に近づいて、耳をすます。

「恐ろしい絵を描くような人やなんて、旦那《だんな》様はひとこともおっしゃらへんかったやないですか」

「たかが絵やないか、無惨絵も化け物の絵も昔から庶民の楽しみやった。おまえがいやなら、無理に見んでもええ」

「無惨絵も、百鬼夜行の絵も、別に平気です。でも……あの人の絵は、なんというか、ちりけもとに冷たいものを押し当てられたようで……ぞわっとするんです」

「そこがええんやないか。血が飛び散る場面を描くでなし、恐ろしい化け物の顔を描くでなし……それやのに、目を背けたくなるほど恐ろしい……」

父の声はどこかうれしそうだ。母は腹立たしげに言った。

「お真阿が見てしもうたらどうするんです」

いきなり自分の名前が出てきて、真阿は身体を縮めた。両親が黙ったので、吐息の音が聞こえないように両手で口を塞《ふさ》ぐ。

「お真阿には見せへん。それでええやろう。別に床の間にかけるわけやないから、お真阿が見てしまうようなことはないはずや」

母が何を心配しているのか、真阿にはわからない。

ぞっとするような怖い絵なら、むしろ見てみたい。それは本当のことではないし、真阿に関わることでもない。

火事の夢よりも恐ろしい絵を見せてほしい。恐ろしいものなど、世の中にあふれていて、ありふれているのだと教えてほしい。

母が絵を見たなら、興四郎はもう描き上げたのだろうか。だったら、見せてもらいにいかなければならない。

そう考えたとき、誰かがこちらに歩いてくるような足音がした。

咄嗟《とっさ》に真阿は裸足《はだし》で庭に飛び降りた。松の陰に隠れて、人をやり過ごす。使用人のひとりが納戸に向かうのが見える。お関や母が真阿の様子を見にきたのではなくてよかった。

息をついたとき、どこからか視線を感じた。

振り返ると、店の二階の座敷から、小柄な男が庭を見下ろしていた。つるりとした役者のような二枚目で、三十かそこらのように見える。

男は目を見開いて、真阿を凝視していた。どこかで見たことがあるような気がした。

恐ろしくなって、真阿は軒下に逃げ込み、そのまま廊下に戻った。足の砂を払って、自室に戻る。角を曲がってしまえば、もう店の方からは見えない。

部屋に戻って、障子を閉めると、ようやく気持ちが落ち着いた。

店から見える場所に行ったことが知られると、真阿が叱られる。あの男が、仲居や男衆になにも言わなければいいのだが。

胸の音がまた激しくなる。ひどく息苦しいような気がする。

敷きっぱなしの布団の上に横になって、真阿は呼吸が落ち着くまで天井を眺めた。

その日の夕方、真阿はまた興四郎の部屋を訪ねた。

ほんの少しだけ襖が開いていたから、中をのぞくと、興四郎は立て膝《ひざ》をついて、煙管《キセル》で煙草を吸っていた。細い煙がゆっくり天井へ昇っていく。

それをぼんやり眺めていると、声がした。

「入んな」

真阿は襖を少し開けて、中に身体を滑り込ませた。

興四郎は、ちらりとこちらを見た。

「どうした。誰を連れてきた」

「え……」

驚いて、振り返るが、誰もいない。興四郎は煙管をくわえたまま、真阿の後ろを見つめている。

彼が煙を吐くまで、少し間があった。興四郎は煙を一気に吐いて笑った。

「なんて、嘘さ。からかっただけだ」

少し腹が立つ。なぜ、大人は子供をからかってもいいと思っているのだろう。

興四郎は灰落としに煙管を打ち付けて、灰を捨てた。息を吹き付けて煙管を通してから、煙管筒にしまう。

「どうした。お嬢様が居候になにか用か」

「絵を……見せてほしくて……」

「残念ながら、まだ描き上げてねえんだ。ここがあまりに居心地よくて、ごろごろしてばかりだ。お真阿殿のところの飯はうまいな。もうちょっと塩気があれば飯ももっと進むんだが……まあ、悪くねえ」

たしかに、真阿もときどき思う。玉子焼きも、お煮染《にし》めも、もっと甘くしてくればいいのに、しの田のものは、あっさりとした京風だ。

「でも、母様が興四郎の絵を見たと言っていた」

「ああ、俺の絵をどこかで買った物好きが、本物かどうか確かめてくれと言いにきた。疑《うたぐ》り深い奴もいるもんだ。俺の偽物なんか作ったって、大した銭にはならねえのによ」

「本物だったの？」

「たぶんな。どんな絵を描いたかいちいち覚えちゃいねえが、偽物と言って、角を立ても仕方ねえ」

　真阿は畳に膝をついて、くしゃくしゃに丸められた紙を開いた。そこには希与にそっくりな女の人が描かれていた。

　少しふっくらとした頬、細い切れ長の目、墨で描かれているのに、母のほんのり赤い頬までも表現されている気がした。

　真阿がそれを見ていることに気づくと、興四郎は笑った。

「お真阿殿のおっかさんはあまり俺の絵向きじゃねえな。春信《はるのぶ》風だ」

　春信というのが誰か知らないが、たぶん絵師なのだろう。

「ずいぶん若いな。後添えか？」

「たぶん……」

　興四郎は何度かまばたきをした。

「たぶん？」

「誰も話してくれないから……」

「前のおっかさんのことを覚えてないのか？」

　真阿は首を横に振った。

「お真阿殿のおっかさんは、二十五かそこらだろう。じゃあ、ずいぶん早くに嫁にきたんだな。まさか、十四、十五ってことはないだろう」

言われたことに戸惑う。母が父にくらべて若いということは気づいていたし、一緒に花見に行って、「姉さんかい？」と言われたことも覚えている。

だが、自分との年の差について、よく考えたことはなかった。

母が十六で嫁にきたとしても、この家にいたのは九年ほど。真阿はもう五歳になっていたはずだ。それなのに、なにも覚えていないのだ。

いや、母のことだけではない。

それに気づいて、背筋に氷を押し当てられたような気持ちになった。

なにも覚えていない。小さい頃、父がどんなふうに、自分を可愛がってくれたか、どんなふうに叱られたか、なにひとつ思い出せない。

あの、蔵に閉じ込められる夢の他に、なにも。

急に怖くなる。ただ、忘れっぽいだけならいい。

でも、楽しいことや、覚えておきたいことはなにもなかったのだろうか。

身体だけではなく、記憶までもからっぽだ。

すきま風が吹き込んでくるような気がした。


また、あの夢を見た。

気が付けば、もう蔵に閉じ込められていた。明かり取りの窓から日が差し込んでいるから、夜ではない。

真阿は泣きじゃくっている。何度も繰り返されているのに、怖くて悲しいのはいつも同じだ。

「母様、母様、開けて」

扉を何度も叩く。

「母様、母様」

母の声がした。

「声を出してはなりません。奥で息をひそめてなさい」

鋭い、たしなめるような声。なのに、どこか苦しげだ。

「いやだ。母様、開けて。母様」

母が扉から離れていく気配がする。真阿はただ泣きじゃくる。

行かないで、母様。ここにいて。

ようやく気づいた。

自分が泣きじゃくっているのは、閉じ込められたからではない。

母のことが心配だからだ。

心配なのは、母のことだけではない。父も、兄も……。

様子を確かめるために、蔵の二階に上る。足ががくがくと震えた。

結果はわかっている。自分にはなにもできないのだ。這《は》い上がるように上って、窓に駆け寄った。

母屋が火に包まれている。焦げ臭いにおいを感じて、襦袢《じゅばん》の袖《そで》で鼻を覆う。

ふと、庭に誰かが立っているのが見えた。

背の低い男だ。藍《あい》色の着物が濡れていて、そして、片手に鉈《なた》を持っている。

もう片方の手にあるものに気づいたとき、堪《こら》えきれずに悲鳴が出た。

布団から飛び起きた。障子を開けると夜で、庭には月明かりが差していた。

自分の息が荒いことに気づく。寝ていたはずなのに、まるであの場から走って逃げてきたようだ。

庭に立った男は、誰かの首を掲げていた。


その日から、真阿はひどい熱を出して寝込んでしまった。

希与はしょっちゅう部屋にやってきて、汗を拭《ふ》いてくれたり、白湯《さゆ》を持ってきてくれたりした。ありがたかったけれど、どこかで放っておいてほしいと思う気持ちもあった。

どうせ、あと何年かしたら死んでしまう。死なないまでも、全部忘れてしまう。自分はからっぽで、生きている値打ちなどない。

息苦しさの合間に、そんなどうしようもない侘《わ》びしさだけが、浮かんでは泡のように弾《はじ》けていく。

誰かに真阿の気持ちがわかるはずはない。興四郎にも会いたいと思えなかった。

少しの粥《かゆ》しか喉を通らなかったせいで、真阿はまた痩せてしまった。ようやく飯を食べられるようになったのは、寝ついてから五日後のことだった。

お関が障子を開けて、布団を干してくれた。風呂に入って、さっぱりしたのに、気持ちは少しも晴れない。

治らなくてもよかったのに、などと考えてしまう。

白湯を運んできたお関が言った。

「そうそう。興四郎さんが、絵を描き上げはったそうですよ。お嬢様が見たがってたから、具合がよくなったらいつでも見にきはったらええとおっしゃってました」

「見たい！」

お関はあたりを見回して、声をひそめた。

「おかみさんに知られたらわたしが叱られますから、こっそりね」

真阿は勢いよく頷《うなず》いた。

「お関は、興四郎さんの絵、見た？」

「いやですよ。だって、恐ろしい絵なんでしょう。なにを好きこのんで、わざわざ怖い思いをせえへんとあかんのです？」

お関は闇になど惹《ひ》かれない人だ。怖いものを、ただ怖いと思い、それをのぞき見ることなく生きていける。

真阿の気持ちは、お関のような人には一生わからないだろう。だからこそ、頼もしいと感じるのかもしれない。

夕方、また店が忙しい時間に、真阿は二階へと上がった。

「真阿です」

声をかけるが、返事はない。寝ているのだろうかと、襖をそっと開けた。部屋には誰もいなかった。

畳の上に、どこから持ってきたのか、大きな板が敷かれていた。そこに、女の人の絵があった。

畳に座って、蚊帳《かや》の中に手を入れている。

洗ったまま、下ろした髪と、浴衣《ゆかた》の袖口からのぞいた、ひどく細い手首。

彼女はほのかに笑みを浮かべていた。

なにも怖いものは描かれていないはずなのに、ひっと喉が鳴った。

女は、蚊帳の中の誰かに触れている。その人は眠っている。それは女が愛した男なのか、それとも憎くてたまらない誰かなのか。

今はただ眠っているが、たぶん、次の瞬間、眠っている人はどこかに引きずり込まれてしまうのだろう。深くて暗くて、寒い場所に。

ただ、女が蚊帳に手を入れているというだけの絵なのに、そんなことまで想像してしまった。

大きな影が差した。振り返ると、興四郎が立っていた。

「お真阿殿は、こういう絵は好きか?」

「好き」

そう答えると、興四郎は顔をくしゃくしゃにして笑った。

「そう言ってもらえると、うれしいねえ」

優しそうで、こんな絵を描くような人に見えないのに、人というものは不思議だ。

「わたしも描いてくれる?」

「あと、三年か四年経ったらな」

「もし、それまでわたしが生きていられなかったら……」

興四郎は一瞬だけ、真阿の肩に触れた。

「それでも描くよ。お真阿殿の姿なら、もう目に焼き付いているから、十年後でも二十年後でも描けるさ」

興四郎が描いてくれるなら、真阿が生まれてきたことにも、なにかしら意味があったと思える。

ふいに、興四郎が言った。

「おまえさん、咳をしないんだな」

「咳？　もっと悪くなったら出ると言われたけれど、今はそんなに……」

興四郎は眉《まゆ》をひそめた。

「じゃあ、どうして胸を病んでいることがわかったんだ？」

二年前のことなら覚えている。

「二年前、梅を見に行った。人が多くて、なんだか疲れてしまって、帰ったら熱が出た。何日も下がらなくて、それでお医者様が胸の病のせいだと……」

梅さえ、見に行かなければ、病まずにすんだのだろうかとときどき思う。胸の病は、一日や二日で発症するものではないことは知っているけれど、なぜかそんな気がしてしまうのだ。

「梅を見に行ったとき、なにかあったのか。えらいものを見てしまったとか、ひどい目に遭わされたとか……」

真阿は首を横に振った。楽しかった記憶しかない。

だが、ひとつ覚えていることがある。

「通りすがりの人が、わたしを見て言ったんだ」

卯之助《うのすけ》にそっくりだねえ、と。

そのときは、ただ聞き流した。自分に似た少年がどこかにいるのだろうと思った。

だが、希与が顔色を変えたのだ。

そのまま、なにも言わずに真阿の手を引いて、家に帰った。その夜から、真阿が熱を出した。

それを話すと、興四郎はなぜか真阿の後ろを見た。

「どうりで……見覚えがあると思った」

いったい興四郎は誰を見ているのだろう。興四郎は笑って、真阿の肩を叩いた。

「おっかさんの言う通りだ。おまえさんは治るし、簡単には死なないさ」


それから三日ほど経った日の深夜だった。

しの田は、やけに客が多く、遅くまで三味線の音が鳴り響いていた。お関が夕餉を下げにきたのも、ずいぶん遅かった。

「今日は忙しいの？」

「そうなんですよ。座敷も全部埋まっていて、お酒も料理も足りなくなってしまうんじゃないかと……こんなことは何年ぶりでしょうねえ」

慌ただしげにしながら、それでもお関はどこかうれしそうだ。

真阿も元気ならば手伝えるのに、と思う。興四郎は治ると言ったけれど、なにか理由があるのだろうか。

布団に入り、店から聞こえる物音に、耳を傾ける。

ようやく静かにはなったが、客が帰った後も、後片付けをしなければならないから、使用人たちが床につくことができるのは、明け方近くになってからかもしれない。

目が冴《さ》えていて、少しも眠くはない。眠れないのはいつものことだが、今日は血が沸いているような妙な高揚感があった。

興四郎は起きているだろうか。さすがにこんな時間に部屋を訪ねるのは気が引けるが、興四郎と話したいような気がして、仕方がない。

布団からごろりと転がり出て、畳に耳をつけた。なにげない仕草だったが、足音が耳に伝わってきて、はっとした。

お関や希与ではない。まるで、忍び足をするようにゆっくりと歩いている。真阿が興四郎の部屋を訪ねるときのような歩き方だ。

逃げなければならない。そう咄嗟に思った。

足音から遠い方の障子を開けて、裸足で庭に飛び出した。

音を立てないように、植え込みに沿って歩く。男が、廊下を歩いていた。その先には、真阿の部屋しかない。

両親の部屋か、それとも二階か、店の方に逃げるのが得策か。

月明かりが、彼の姿を照らす。その手にあるものを見て、息を呑んだ。鉈だった。

夢の中で見た男が持っていたものと同じだ。

真阿は走った。庭から廊下に戻って、階段を駆け上がろうとした。

その瞬間、着物の裾《すそ》をつかまれた。勢いよく転んでしまう。

これは夢だ。きっとただの恐ろしい夢だ。そう思いながら、必死でもがいた。

夢の中と同じように声が出なかった。男が、真阿に馬乗りになっている。

何日か前、二階の窓から真阿を見ていた男だった。手に鉈はない。どこかに落としてしまったのかもしれない。

喉の奥で、真阿はつぶやいた。

「母様……」

男は真阿の首に手をかけた。その瞬間だった。

「熱《あつ》っ！」

男がそう叫んで飛び退いた。男の着物の裾が燃えていた。

ようやく声が出た。

「助けて、母様！」

どすどすという足音と同時に、大きな影が階段を駆け下りてきた。影は男に飛びかかった。

興四郎だった。彼は男の首に手を回すと、腕を使って絞め上げた。男の身体が宙に浮く。

真阿は叫んだ。

「殺さないで！」

興四郎はこちらを見てにやりと笑った。

「殺しゃしねえよ。こいつには、ちゃんと裁きを受けてもらわねえと」

ようやく、なにかが起こっていることに気づいたのか、灯《あか》りを持った使用人が二階から下りてくる。

男は、ぐったりと気を失った。

巡査が、男を連れて行ったのは、次の日の昼近くになってからだった。

それまでは両手両足を縛り上げてうつぶせにした男の上に、興四郎が座り込んで、煙草を吸ったり、飯を食ったりしていた。

なにが起こったか知らなければ、興四郎の方が悪人のようだ。

希与は泣き出さんばかりの勢いで、興四郎に感謝をしていた。この様子では、たぶん興四郎が、ここを追い出されるようなことはなさそうだ。

興四郎が飽きて、自分から出て行かなければの話だが。

夕方、真阿は、興四郎の部屋を訪ねた。風呂から帰ったばかりらしく、浴衣一枚で、手ぬぐいを干していた。

「大丈夫か。熱は出てないか?」

そう言われて、頷いた。

「うん、大丈夫」

転んだとき、打ったところはあざになっているが、それだけだ。

「興四郎の知っていることを教えて」

興四郎は座布団の上にあぐらをかいた。

「いやなことを思い出すかもしれないぞ」

「鉈を持った男に、襲われる以上にいやなことなんかない」

そして、自分が近いうちに死ぬと考えるよりも。

「ま、そうだな」

興四郎は腕を浴衣の中にしまって、腕組みをした。風呂上がりのせいか、いつも真っ白な肌が少し上気している。

「五年前、東京で事件が起きた。中村《なかむら》卯之助という役者が家で元弟子に殺された。人気の若女形で、赤姫《あかひめ》の拵《こしら》えがよく似合っていた。元弟子は、素行が悪く、破門されたことを恨みに思い、昼間から卯之助の家に押し入り、卯之助とその息子、妻を鉈で斬《き》り殺し、そして、屋敷に火をつけた」

あらためて、ことばで聞くと泣きだしそうな気持ちになる。

「卯之助にはもうひとり娘がいた。だが、その弟子は娘を見つけることができなかった」

なぜ、見つけられなかったのか真阿は知っている。母が真阿を蔵に隠したからだ。

「お希与殿は、卯之助の妻の妹だったそうだな。卯之助が上方にきたときに姉の方を見染めたらしい」

事件の後、元弟子は行方をくらまし、蔵から見つかった真阿は希与に引き取られた。その頃、希与に善太郎との縁談が持ち上がったという。善太郎には、亡くなった前の妻との間に子がなかった。

希与は、真阿を養女にするように善太郎に頼み、善太郎も快諾した。

そして、真阿は、この家のひとり娘になったのだ。

だが、希与には不安があった。元弟子は、ひとりだけ逃がしてしまった卯之助の娘に執着しているのではないかという懸念だ。卯之助ひとりを殺すのではなく、一家全員を殺そうとするような男だ。ありえない話ではない。

「大阪では卯之助は、東京ほど知られていない。大丈夫だと自分を納得させていたが、お真阿殿は、どんどん卯之助に似てくる」

道ですれ違った人にさえ、そう言われてしまうほどに。

だから、希与と善太郎は決めた。元弟子が捕まるまで、真阿を表に出さないようにしよう、と。もうひとりの母と同じように、真阿を守るために閉じ込めた。

熱が出たのをいいことに、医者に頼み込んで、「胸を病んでいる」という嘘をつかせた。

真阿にも、嘘を信じてもらう方が好都合だ。嘘だとわかってしまえば、退屈して外に出たがるかもしれない。両親はそう考えたのだろう。

もともと、事件のせいか、夢見が悪く、よく熱を出していたから、それをことさらに大事にして、騒ぎ立てた。病気だと信じ込めば、少しの不調も大きく感じられる。

興四郎は笑った。

「これでわかっただろう。なぜ、親父さんたちが『絶対に治る』と言ったのか」

真阿はこくりと頷いた。

ひとつ、どうしてもわからないことがある。

あのとき、真阿の首を絞めようとした男の着物が燃えたことだ。

幻覚ではない。縛られていた男の裾も、焦げていた。

あのとき、真阿は母を呼んだ。希与ではない。もうひとりの母親を。

そして、興四郎はときどき、真阿の後ろに目をやって微笑む。

彼がなにを見ているのか、聞いても教えてはくれないだろう。それでも、真阿は思っている。

いつか、興四郎は母の絵を描いてくれるかもしれない。

犬の絵

今日も犬の夢を見た。

やせっぽちの黒い犬。何度も夢で会った犬だ。雨に濡《ぬ》れて、少し離れたところから、真阿を見つめている。

耳が少し下がっていて、悲しそうな顔をしている気がした。

真阿の家は料理屋だから、犬や猫は飼ってはならないと言われている。だけど、厨《ちゅう》房《ぼう》に行って、残り物をなにかもらってきたい気持ちに駆られる。夢だから、きっとかまわない。

「おいで、くろ」

声に出して呼んでみた。名前は知らない。でも、黒い犬なら、そう呼ばれて、近所の人に可愛がられているかもしれない。大人しくて、賢そうな目をしている。

「おいで、なにかあげるよ」

今、手元になにも持っていないのに、こんなことを言うなんて、嘘つきだ。犬は鼻がいいから、真阿の嘘なんて見抜いてしまうかもしれない。

でも、真阿はくろのことを触りたいのだ。

濡れた毛を逆撫《さかな》でして、獣くさい匂いを嗅《か》ぎたい。

そういえば、若い仲居の秋《あき》が出汁《だし》を取ったあとのかつおぶしを、猫にやっているのを見たことがある。くろもかつおぶしを食べるだろうか。

出汁がらのかつおぶしは、甘辛く炒《い》って、胡麻《ごま》と一緒にふりかけにするけれど、真阿はもうそれを食べ飽きてしまったのだ。

飼えないけど、雨が上がるまで、軒下にいるといい。なにか食べ物も持ってきてあげる。

そう思っているのに、黒い犬は遠くから真阿を見ているだけだ。

ふいに思った。くろが欲しいのは食べ物などではないのかもしれない、と。


目が覚めて、いつも不思議に思う。

この近くで黒い犬など見たことはない。白い雌犬や、斑《ぶち》の大きな犬が子供たちと遊んだり、通りすがりの人に食べ物をもらったりしているのは見た。

夏の初めから、真阿は三味線の稽古《けいこ》をはじめて、ときどき出かけるのだが、ついてきてくれるお関は犬が怖いと言って急いで通り過ぎるから、真阿は撫でることもできない。

三味線のお師匠さんは朝吉《あさきち》という名の、芸者上がりの色っぽい人で、小さな狆《ちん》を飼っている。

お稽古の合間に、その子を抱かせてもらうのだけが楽しみだ。

夢を全部、理屈で説明できるわけがないことは知っている。でも、あの黒い犬はどこからきたのだろう。

どうしてあんなに雨に濡れていて、あんなに悲しそうなのだろう。

そして、どうして、何度も真阿の夢に出てくるのだろう。

夕方、風鈴売りの音が近づいてくるのが聞こえて、真阿は障子を開けて、縁側に出た。

井戸の近くで、景気のいい水音がした。

興四郎が行水をしているのだ。

居候の興四郎はきれい好きだ。朝起きると、真っ先に風呂屋《ふろや》に出かけていくし、夕方は井戸で水を浴びる。

このあいだは、雨だというのに、頭から井戸水を浴びていて、驚いた。行水が終わって、浴衣《ゆかた》一枚で縁側にいる興四郎に話しかけた。

「雨が降っているのに」

興四郎は、固く絞った手ぬぐいで顔やら頭やらを拭《ふ》きながら、笑った。

「どうせ、行水で濡れるんだから、雨でもかまわないさ」

そうかもしれない。

後ろに立って、山のように大きな背中越しに、雨の降る庭を眺めた。

興四郎のように、人の目を気にせず、井戸端で行水をしたり、夜であろうとひとりでふらふら出かけたりできればどんなにいいだろう。

真阿にはどちらも死ぬまで許されない楽しみかもしれない。行水なら、お婆さんになった頃には、もしかしたら。

こんなに大きくて、強そうな身体を持っていれば、きっとどこへだってひとりで行けるのだ。

水の音が止んで、しばらくしてから、真阿は興四郎がいつもいる階段の下へ向かった。思った通り、興四郎は浴衣でうちわを使いながら、庭を眺めていた。真阿の顔を見て、にっこりと笑う。

えべっさんの置物が、こんな顔をしていたような気がする。釣り竿と鯛《たい》を抱えて。

昼間はあんなに暑かったのに、日が落ちる前の空気は、ひんやりとしている。明日の昼前にはまた外に出るのも嫌になるくらい暑くなる。涼しさはどこからやってきて、どこに消えてしまうのだろう。

真阿は、聞きたかったことを口にした。

「興四郎は、お伊勢《いせ》さんに行ったことがある？」

真阿は思っていたことを口に出すのに、前置きをするのが苦手だ。お関や母の希与は「まあ、やぶからぼうに」などといって笑うのだが、興四郎はあまり気にしない。すぐに答えてくれる。

「あるけど、たいしたことねえよ。でっかい鳥居とでっかい神社だ。行き帰りの古市《ふるいち》の方がよっぽど楽しい……おっと、これは内緒だ」

古市がお伊勢参りの客のための、花街だということは真阿だって知っている。内緒にする必要などどない。

「つまらなかった？」

「まあな」

だが、つまらないと言えるのも、そこを訪れた者だけだ。行けない者は、「たいしたことねえよ」と笑うことすらできないのだ。

真阿は、興四郎の隣に腰を下ろした。

「犬もお伊勢さんに行くって聞いたことがある」

病気になってお参りに行けなかったりする人の代わりに、犬が路銀を首に巻いて、お伊勢参りの旅に参加するという。その話を聞いたとき、わくわくもしたし、寂しくもなった。臥《ふ》せってばかりだったときよりも、外に出る機会は増えたけれど、それでも真阿は犬や興四郎よりも自由にはなれない。

「犬は、人の行くところについてくるからなあ。餌もらえて、可愛がってもらえるなら、どこにでも行くさ」

そんな動物はたぶん、犬だけだ。猫も人の家に上がり込んだり、飼われたりしているけれど、人についてどこまでも行ったりはしない。

興四郎は笑って言った。

「お真阿殿も、いつか行けるさ。大阪から伊勢は数日だ。江戸《えど》からの長旅とくらべたら、近いもんだ。婿になるべく優しい男を選ぶといい。そいつを尻《しり》に敷いて好きにすればいいさ」

もう東京という名前に変わって、ずいぶん経つのに、興四郎はときどき「江戸」と言う。

真阿は少し考えた。いつか自分の足で、お伊勢さんや東京まで行ける日がくるのだろうか。だったら、婿を取るのも悪くない。

真阿は口を開いた。

「黒い犬」

興四郎は、目を細めた。内心の見えない表情だ。

「黒い犬の夢を見る。このあいだから、毎晩」

「それは、お真阿殿の知っている犬か？　昔可愛がっていたとか？」

それを聞かれると少し困る。真阿は昔のことをあまり覚えていないのだ。

「わからない。でも、これまではずっとそんな夢なんて見なかった。最近になって毎晩」

そして、少なくともこの近所で会った犬ではない。

「どんな黒い犬だ？」

「どんなって言われても……」

真阿は両手を広げた。

「このくらいの大きさ。目も鼻も真っ黒で、影が犬になったみたい」

ああ、ひとつ大事なことを忘れている。

「痩《や》せていて、とても悲しそうだった」

細めた目の奥で、感情が動いた気がした。だが、興四郎の心はなかなか読めない。

柔らかい笑顔の煙幕に隠されてしまう。

興四郎は大きく伸びをした。

「まあ、でも、嫌な夢じゃないなら、そいつは悪いもんじゃねえよ。気にすることはない」

真阿は知っている。興四郎には、普通の人たちには見えないものが見えて、いないものが感じられる。なにも言わないし、見えていることを隠してはいるけれど、真阿にはわかる。

だから、興四郎が悪いものではないというのなら、きっとそうなのだろう。

真阿も怖いと思っているわけではない。ただ、あの悲しそうな目のことが気に掛かるのだ。

また黒い犬の夢を見た。このところ毎日だ。

嫌な夢ではないけれど、こう続けざまだと、なにかのしるしのような気がしてしまう。

お関が真阿の部屋に花を生けにきたから聞いてみた。

「お関は、このあたりで黒い犬を見たことがある？」

お関は真阿がしの田に引き取られてくる前から、ずっとここにいる。昔のことを知っているかもしれない。

お関はあからさまに身を震わせた。

「いやですよ。なるべく見いへんようにして走り抜けるんやから、犬のことなんて知りません」

お関は子供の頃、犬に追いかけられて、転んだ上に、襦袢《じゅばん》の裾《すそ》を食いちぎられたという。噛《か》まれたわけではないなら、いいようにも思うが、子供のときに怖い思いをするとそのあと忘れられなくなる気持ちもわかる。

「でも、誰かが可愛がっていたとか、しの田についていたとか……」

「料理屋ですから、犬がきても追い払います」

仕方がないことはわかるが、なんだか寂しい。

ふと、なにかを思い出したように、お関が膝《ひざ》を打った。

「そういえば、昨日、二階の居候さんとこにお客だか、ちんぴらだか、借金取りだかわからんような人がきたけど、その人がなんか、犬がどうとか言ってはったような……」

「えっ！」

真阿は身を乗り出した。

「その人、まだいる？」

「昨日ですから、もう帰りはりました。でも、またくるって言ってたような……」

そう言った後、お関は急に怖い顔になった。

「お嬢様、あまり二階に上がらないようにと、おかみさんがいつもおっしゃって」

それを遮って、真阿は言う。

「興四郎はいい人だって、母様《かか》も知っているくせに」

「興四郎さんがいい人でも、興四郎さんのお知り合いがええ人かどうかはわかりませんし」

それは真阿にもわからないが、別にその知り合いについていくわけではない。

真阿はただ、夢に出てくる黒い犬のことが知りたいだけなのだ。


その日から、真阿は二階の物音をうかがうようになった。興四郎に直接聞いても、はぐらかされてしまう。

聞き覚えのない男の声を耳にしたのは、それから二日後のことだった。

夕方、そろそろ店が忙しくなり、渡り廊下のこちら側に人がいなくなる時間だ。偶然か、それを知っていてきたのかわからない。

真阿はこっそりと階段を上り、音を立てずにそろそろと襖《ふすま》を開け、興四郎が使っている部屋の隣にある空き部屋に滑り込んだ。

その間も男の声は続いていた。

「なあ、頼むわ。あんたにこの絵を引き取ってもらいたいんや」

「知らねえよ。いらぬものなら、捨てるなり、燃やしてしまうなり、したがいいだろう」

空き部屋には、古い布団やもう使わなくなった衝立《ついたて》などが置いてあって、埃《ほこり》っぽい。くしゃみをしないように袖《そで》で鼻と口を覆って、真阿は聞き耳を立てた。

「あんたは腕のええ絵師やろう。描いた絵かて高く売れるって言うやないか。この犬の絵かて、物好きに売ったらええやろう」

犬の絵。男は間違いなくそう言った。興四郎が描くのは、恐ろしい絵だけではないのだろうか。

「俺が描いたかどうかなんて忘れたね」

「火狂って雅号が入っているやないか」

「偽物かもしれねえ。俺ならもっと上手《うま》く描く。だから置いて行かれては困る」

「せやったら、風呂の焚《た》きつけにでもしたらええ！」

興四郎の声はかすかな笑いを帯びていた。

「おまえが風呂の焚きつけにすりゃあいいじゃねえか」

まるで、そうできないことを知っているかのようだ。真阿は思う。

男は一瞬、ことばに詰まった。吐き出すように言う。

「気味が悪いんや！」

「犬しか描いてねえのに？」

興四郎のそのことばは意地悪だ。女の人しか描いていないのに、興四郎の絵は怖い。薄気味悪い。

真阿は怖いところも好きだが、母の希与などは見るのもいやだという。

だから、犬の絵でも恐ろしく描くことはできるはずだ。

男の舌打ちが聞こえた。

「もう俺は知らへんからな！　勝手にせえ！」

襖が開く音がして、続いて階段を下りる足音が響く。真阿は、おそるおそる襖を開けた。

男の姿はもうなかった。どんな男か少し見たかったような気もする。

興四郎の部屋の襖が開けっ放しになっている。真阿はその前に立った。

興四郎が振り返った。

「犬の絵を見せて。さっきの人が置いて帰った」

興四郎は一瞬、目を見開いて、それから笑う。

「やれやれ、お真阿殿には、隠し事はなにもできねえな」

別に、真阿は興四郎が隠しているものを暴いたりするつもりはない。ただ、その絵が見たいだけなのだ。

興四郎は、丸めてあった掛け軸を広げた。美しい布を使って表装されている。

広げられた絵を見て、真阿は驚いた。想像していたものと違う。

黒い犬が人のように水浅葱《みずあさぎ》の裃《かみしも》を着ている。滑稽《こっけい》で可愛らしい。男があんなに恐れていたのだから、見ただけで背筋が冷たくなるような犬の絵だと思っていた。

「興四郎が描いたの？」

「まあな。こんな絵の偽物を作るような物好きはいないだろう」

「なら、どうして忘れたって言ったの」

「お真阿殿、立ち聞きはいけねえな」

そう言いながらも、興四郎の顔は優しい。怒っているわけではない。

「わたしの家だもの。隣の部屋にいただけ」

「まあ、それはそうだな。誰かの家に忍び込んで立ち聞きしたわけじゃねえな」

そう言ってから、興四郎は答える。

「あいつが気に入らなかったからだ」

それはなんとなくわかる。真阿はもう一度絵を見た。絵の中の犬は、夢に出てくる犬に似ているような気もするが、真阿の夢の黒い犬は裃など着ていない。行儀よく背筋を伸ばして座ったりもしない。

なにより、この絵の犬は少しも悲しそうではない。

「なあ、お真阿殿」

呼びかけられて、真阿は顔を上げた。興四郎が真剣な顔で真阿を見ていた。

「この絵が怖《こえ》えか？」

真阿は首を横に振った。興四郎は、小さく、「だよな」とつぶやいた。

興四郎も怖い絵を描いたつもりはないのだ。なら、男はなにを怖がっているのだろう。

お関は頼りにならないので、仲居の秋に聞いてみることにした。

秋は、しの田にきて、まだ四年だから、昔のことは知らないだろうが、猫にこっそり残り物をやっているくらいだから、生き物は好きなはずだ。

夜遅く、仕事を終えた仲居たちが渡り廊下を通って、自分たちの寝間に帰るところを階段の陰で待ち伏せた。

秋は幸い、ひとりでやってきた。真阿は小さな声で呼び止めた。まだ寝ていないことが希与やお関に知られたら、怒られる。

「まあ、お嬢様、こんな時間にどうしはったんですか？」

「眠れなくて」

嘘をついた。本当はまぶたが閉じてしまいそうなのに、我慢して起きていたのだ。最近の真阿は嘘をつくことが上手くなった。きっと地獄に行くことになるだろう。

「秋は犬が好き？」

「好きですよ。猫の方が好きですけど、子供の頃はよく近所の犬と遊びました」

「じゃあ、しの田の近くに、黒い犬が住んでいたことがあったかわかる？」

「黒い犬……ですか？」

秋は大げさに首を傾げた。

「近所のムクとブチなら、知ってますけどねえ。どちらも黒くはないし……」

たぶん、真阿も見かける白い犬と、白と茶の斑の犬だ。だが、その子たちと、夢に出てくる黒い犬は違う。

「黒い犬がどうかしたんですか？」

「このあたりにいて、見かけた人がいるっていうから」

夢に出てくると言えば、笑われてしまいそうだから、真阿はまた嘘をつく。

「だとすれば、あたしがくる前じゃないですかねえ……」

やはり、真阿の夢に出てくるのは、しの田の近くにいた犬ではないようだ。夢の中にだけ生きている犬なのだろうか。

「そういえば、関係ないかもしれませんけど」

秋がなにかを思い出したような顔をした。

「淡路町《あわじまち》によく、仕出しを注文してくれる姐《ねえ》さんがいましてね。黒い野良犬をとても可愛がってましたよ。くろ、くろって、呼んで。くろもいつも、姐さんの家の玄関口で丸くなっていました」

背筋がすうっと冷えた。

「咲弥《さきや》さんって方でしたけどね。なんでも、お世話をしてくれる方が早く亡くなって、充分に生活できるだけのものを残してもらったとかで、毎日、野良犬をかまったり、新内《しんない》の稽古をしたり、好きに暮らしてはりました。うちの仕出しもよく取ってくれて、お届けに行くたびに、うらやましいような気分になりましたよ」

「今、その人は？」

秋は、眉《まゆ》を寄せて少し考え込んだ。

「そういえば、ここしばらくは仕出しのご注文はありませんねえ。まあ、充分なものを残してもらったからといって、いつまでも贅沢《ぜいたく》できるとはかぎりませんし、もしかしたら、新しい旦那《だんな》さんでも見つけはったかも……」

「くろは、どんな子だったか覚えてる？」

黒い犬は他の犬よりも、目立った特徴を探しにくい。無理な質問とわかりつつ、聞かずにはいられなかった。

秋は、両手を広げた。

「このくらいの大きさで……そうそう、足先が白かったです」

その手の幅は、夢で会う黒い犬と同じくらいの大きさだった。


また夢で黒い犬と会った。

黒い犬はこれまでより、近くにいた。その前足の先が白いことに気づいて、真阿は息を呑《の》んだ。

この子がくろなのだろうか。どうして、真阿の夢に出てくるのだろうか。

真阿は、縁側から下りて、くろのそばにしゃがんだ。くろはそっと目をそらした。

「咲弥さんを覚えている？」

くろが一瞬、こちらを見た。だが、特に名前に反応はしない。

ぐらりと世界が揺れた。真阿の目に映ったのは、寝間着を着た自分の姿だ。しゃがんで、高いところから手を伸ばしている。

ああ、と、気づいた。

真阿がくろになり、くろが真阿になったのだ。下を見ると、足袋《たび》を履いたような白い前足が目に入る。

夢だから、こんなこともあるだろう。犬になって見た世界は、なにもかもが大きい。濡れていることはそれほど辛《つら》いと感じなかった。毛皮のおかげだろうか。

ふいに黒い犬の記憶が雪崩《なだ》れ込んでくる。

凍えそうに寒い、雪の日、「こっちにおいで」と呼びかけてくれた人。

三十前くらいの、柔らかそうな肉付きをした女の人。

玄関に入れてもらい、白い飯に汁をかけたものを食べさせてもらったこと。うまくて、腹がふくれ、朝までぐっすり眠れたこと。

名前など知らない。その人に名前があるなんて考えたこともない。

なのに、くろの中には、その人のことばかりが詰まっている。

町をふらついた後、その人のところに行くと、いつも撫でてくれたり、うまいものをくれたりする。雨の日や、雪の日は玄関に入れてくれる。

「くろや、くろ」

くろというのが、自分の名前かどうかもわからない。別の場所では別の名で呼ばれる。ただ、その人にそう呼ばれると、うれしくて跳ね回りたくなるのだ。

くろはいつも、その人のことを考えている。町を歩いていると、追い払われたり、水をかけられたり、他の犬に吠《ほ》え立てられたりするが、その人の家まで行くと、優しくしてもらえるのだ。

その人の顔が見たい。その人の胸に顔を擦《こす》りつけて、匂いを嗅ぎたい。

その人とずっと一緒にいたい。

目が覚めたとき、真阿はなぜか泣いていた。

ようやく夢を見る理由がわかった。くろにはどうしても伝えたいことがあるのだ。

それから五日ほど経った昼過ぎ、真阿は暇をもてあまして、興四郎の部屋を訪ねた。

興四郎は、どこからか持ってきた脇息《きょうそく》にもたれて、煙管《キセル》をふかしていた。

絵を描いていたら、それを見せてもらおうと思ったのに、今はなにも描いていないようだ。

火狂の絵は人気があると聞く。

この前見せてもらった蚊帳《かや》に手を入れる女の絵も、いつの間にか売ってしまったらしい。

この前、男が持ってきた掛け軸は、床の間にぶら下げられている。裃を着た犬がやけに神妙な顔をしていて、笑ってしまう。

不思議に思って興四郎に尋ねてみた。

「どうして、袢を着ているの？」

「ああ、それはな……」

興四郎が話し始めたとき、階段を上ってくる足音がした。乱暴で、怒りさえ感じられるような足音。すぐに気が付いた。この前の男だ、と。

男は、開いたままの襖からどかどかと入ってきた。真阿のことなど見向きもしなかった。

前に寺で見た仁王像のように怖い顔をしている。ひどく痩せているのは、もともとなのか、それともなにかの病気なのか。

男は床の間の掛け軸を見て、目玉がひっくり返りそうな顔をした。

「なんで、この絵を始末せえへんのや！」

興四郎が呆《あき》れたように小指で耳を掻《か》く。

「おめえが勝手にしろって言ったんじゃねえか」

男は一瞬、ことばに詰まった。だが、気を取り直したように言う。

「そんな絵、さっさと燃やせ！」

「やなこった。俺の好きにするさ」

男はごくりと唾《つば》を飲み込んだ。大股《おおまた》で歩いて、掛け軸に近づく。絵が破かれてしまう。真阿はそう思って、口に手を当てた。

だが、そうはならなかった。男は絵の前で力なく頽《くずお》れた。

「なあ……頼む……助けてくれ……」

これまでとまったく違う、泣きそうな声で言う。

「助ける？　なにからだ」

興四郎は煙管を煙草盆の灰落としに打ち付けた。その後、ふっと息を吹いて、煙管を通す。

男は精根尽き果てたような声で言った。

「この犬の夢を見るんや……この絵を手に入れてから毎夜。毎晩、夢の中で俺はこの犬に食われる。指や腕や、足を食いちぎられる……」

男は道修町《どしょうまち》で古道具屋を営んでいる弥介《やすけ》と名乗った。

弥介の話はこうだ。

三ヶ月ほど前、店にひとりの女がこの絵を売りに来た。

幽霊絵師火狂の噂は、弥介も知っていたから、この絵を高く買ったという。

その日から、弥介は夢を見るようになった。

痩せた黒い犬の夢だ。夢の中で、弥介は地面に横たわっていた。犬はゆっくりと近づいてきた。弥介は犬が好きではないから、起き上がって追い払おうとしたのに、身体が少しも動かないのだ。

犬はふんふんと匂いを嗅いだ後、弥介の指に嚙みついた。鋭い痛みが走って、弥介は叫び声を上げたが、それで苦痛は終わらなかった。犬は飢えているのか、弥介の肉を食いちぎり、骨を嚙み砕いて、弥介を食べ始めたのだという。

意識が遠のくほどの痛みだった。ようやく、夢から覚めたときは、全身が汗でぐしょぐしょに濡れていたという。

夢は毎日続いた。

まるで現実かと思うほどの痛みを伴う夜もあれば、なぜか痛みはまったく感じずに、骨が砕け、肉がちぎられる感覚だけを感じる夜もあった。痛くなければ、それはそれで自分の身体を生きながら食われていることがはっきりわかって、おぞましさにどうにかなりそうだった。

絵が売れるまではと耐えようと思ったが、火狂の絵だというのに、犬の絵はまったく売れなかった。火狂の絵に興味があるという客も、「怖くない火狂の絵なんか、欲しがる奴はいない」と笑うのだ。

思いあまって、弥介は絵を、近くの寺の和尚に見せて、相談した。この絵を供養するなり、焼くなりできないだろうか、と。

和尚は困った顔で答えたという。

「こりゃあ、この絵を描いた者でないと、どうにもできませんな」

横になって話を聞いていた興四郎は、喉《のど》の奥で笑った。

「その和尚、とんだインチキ坊主だな」

弥介は、興四郎を睨《にら》み付けた。

「もとはと言えば、おまえがこんな絵を描くから……」

興四郎は、おきあがり小法師《こぼし》のように、勢いよく身体を起こして座った。

「まあ、話はわかった。でも、そりゃ俺のせいじゃねえな」

「おまえのせいやないと？」

「よく考えてみなせえ。おまえは、この絵をここに置いていった。つまりは手放したわけだ。だったら、おまえは夢から解放されて、次に怖い夢を見るのは、この家の人間じゃなきゃならねえ。なあ、この家のお嬢さん、おまえさんは怖い夢を見るか？」

真阿は首を横に振った。弥介は、はじめて真阿に気づいたような顔をした。

「つまりは、この絵とおまえの夢は関係ねえ。おまえが夢を見るのには、別の理由があるんだよ」

弥介はぶるぶると身震いをした。

「嘘や！　俺はこの絵に取り憑《つ》かれてしもうたんや！」

興四郎は興味をなくしたように言った。

「だったら、絵よりもおまえがお祓《はら》いをしてもらえばいいんじゃねえか。この絵は俺がいいようにしておく」

それを聞くと、弥介の目にようやく安堵《あんど》の色が見えた。

「絵を供養してくれるのか……」

「ああ、水と塩でも供えておくさ」

興四郎の様子からすると、本気で絵の供養をするようには見えないが、弥介にとっては、そのことばが救いに感じられたようだ。

「ありがたい……ありがたい……これでゆっくり寝られる……」

弥介が帰った後、興四郎は黙って下りていった。

戻ってきたときには、手に水の入った湯飲みと、盛り塩をした小皿を持っていた。

どうやら、本当に供養するようだ。

掛け軸の前に、水と塩を置くと、興四郎はしげしげと絵を見つめた。

「お真阿殿、さっき、どうして犬が裃を着ているのか？　と俺に聞いたな？」

真阿は頷《うなず》いた。教えてもらう前に弥介に邪魔されてしまった。

「これはな。死に絵だ」

死に絵。はじめて聞くことばに、真阿は息を吞む。犬が裃を着ている滑稽な絵だと思っていたのに、急にまがまがしさを感じた。

真阿の顔が強《こわ》ばったことに気づいて、興四郎は笑った。

「いや、怖がるようなものじゃねえ。お真阿殿は見たことねえか？　人気役者が死んだとき、その役者に水浅葱の裃を着せた錦絵《にしきえ》を売り出すんだ。その役者が贔屓《ひいき》だった奴らは、その絵を飾って、死んだ役者を偲《しの》ぶ」

つまり、この絵は、犬の死を悼んだ人が興四郎に描かせたのだ。

興四郎は畳に足を投げ出して、絵を見上げた。

「去年のことだ。ふるいつきたくなるようないい女だったな……」

その絵を描かせたのが、咲弥で、絵に描かれているのが、くろかどうかはわからない。だが、可愛がっていた犬の死を悼んで描いてもらった絵を、たった一年で古道具屋に売りに行くはずはない。

少なくとも、咲弥なら、金に困っていた様子はないのだ。

翌日、興四郎は警察へ出かけていった。帰ってきたのは、すっかり夜も更けた頃だった。

真阿は話を聞きたかったが、さすがに夜更けに興四郎の部屋を訪ねるわけにはいかない。渋々、床についた。

その夜は、黒い犬の夢は見なかった。


翌朝、真阿は興四郎が風呂屋から帰るのを待って、部屋を訪ねた。

うちわを使いながら、興四郎は犬の死に絵を眺めていた。真阿は、開け放した襖から中をのぞき込んで尋ねた。

「どうだった？」

興四郎はこちらを見ずに答える。

「恐ろしい話と、そうでもない話、どっちが聞きたい？」

真阿は迷わずに答えた。

「本当の話」

ようやく興四郎はこちらを見て笑った。

「お真阿殿は賢いな」

自分が賢いかどうかなどわからない。

興四郎は、煙管を引き寄せて、火皿に煙草を詰めた。

「巡査に話を聞いてもらった。咲弥が大事にしていて、絶対に売るはずのない絵を売りにきた男がいたと言ったら、巡査も興味を持った。咲弥は、三ヶ月ほど前から行方が知れなくなっていたらしい」

興四郎と巡査は、まず咲弥の家を訪ねた。家は荒れ果てていて、人の気配もなかった。台所では、買い置きの食物が腐敗していた。

「金目のものも、なにもなかった。桐の箪笥《たんす》の中には、寝間着や浴衣しか残っていなかったし、櫛《くし》や笄《こうがい》など、頭に飾るものもすべて持ち去られていた」

真阿は、着物の袖をきゅっと握った。怖いが、本当のことを知りたいと願ったのは自分だ。

「巡査は、畳を上げて、床下を捜した。そこに咲弥がいた。本当に咲弥かどうか調べるのには、時間がかかるそうだが、背格好からして、たぶん咲弥だ」

興四郎は、死んでいたとは言わなかった。だが、生きた人間が床下にいられるわけはないし、この暑さならどんな状態になっていたか、想像はつく。

「その後、巡査は道修町の弥介の店に向かった」

真阿は身を乗り出した。

「捕まったの？」

興四郎は首を横に振る。

「いいや」

だったら、弥介は逃げ出したのだろうか。金を持っていたら東京にでも逃げられる。そうなると捕まえるのは難しくなるはずだ。

興四郎は、煙を宙に吐き出した。白い煙が上へと上っていく。

「弥介は首をくくっていた」

真阿の喉が鳴った。

「弥介の店の奥から、咲弥の着物や、櫛笄も出てきた。咲弥は舶来の指輪なんかも持っていたらしい」

だから、殺したのだろうか。それとも弥介は買い取っただけで、殺したのは他の誰かかもしれない。そう考えてから気づく。

他の誰かのはずはない。弥介は、くろの夢を見ている。

「警察は、逃げられないと思って首をくくったのだと考えたようだ。まあ、大差はないかもしれんな」

そうではない。毎晩、肉を食いちぎられ、骨を嚙み砕かれる苦しみに耐えられる者などきっといない。それなら楽になった方がましだ。

真阿は、少し考え込んだ。

「興四郎、もしわたしが、怖くない話をと言ったら、どんな話をした？」

興四郎は膝を立てて笑った。

「『咲弥とくろは、ずっと一緒におりました。そして悪人を退治したこの先もずっと』かな？」

そのことばを聞いて理解する。

きっと、くろの亡骸《なきがら》も床下に葬られていたのだ。

たぶん、もうくろの夢は見ない。

荒波の帰路

ひどく寒い秋だった。

霜月に入ったばかりだというのに、朝の手水鉢《ちょうずばち》には薄い氷が張っていた。

希与は真阿が風邪を引くことばかり心配して、綿入れの着物の下に、真綿を薄くのばしたものを重ねるように言った。

背中に真綿を入れると、それだけでぽかぽかとしてきて、真阿には少し暑いくらいだ。汗をかいてしまうことがあるから、そういうときは真綿をこっそり外して、布団の中に隠しておく。

去年はどうだっただろう。

同じように寒かったが、真綿を入れろとは言われなかった。

そう考えて、ようやく思い出す。

去年、真阿は病だと言われて、ずっと布団の中にいた。

ようやく今年の初夏から、一日寝ていなくてもよいようになり、三味線のお稽古《けいこ》に行ったり、希与や手代の松吉《まつきち》から算術やそろばんを習ったりしている。

真阿は算術の飲み込みが早いようで、松吉は少し驚いていた。

帳簿の数字を読んで、そろばんを弾《はじ》くのは楽しい。正しい答えは必ずひとつで、曖《あい》昧《まい》に終わることはない。

うやむやのまま、大人に言い含められて、しぶしぶ口を閉ざすようなことは、算術の中にはないのだ。

真阿は、まだ十四歳なのに、そんなことばかり知ってしまった。

去年と違うことが、もうひとつある。

二階に興四郎がいることだ。

その日の夕刻前、真阿は興四郎の部屋をのぞきに、二階に上がった。

興四郎は、襖《ふすま》を開けたまま、畳の上に大の字になって昼寝をしていた。今朝も霜柱が立つほど冷えているのに、木綿の単衣《ひとえ》を二枚重ねにしているだけだ。

文机《ふづくえ》の上に、紙が広がり、絵の具を溶いた皿が並んでいるところを見ると、絵を描いていたようだ。

興四郎の描く絵が見たい。真阿は、興四郎を起こさないように、こっそりと部屋に足を踏み入れた。

両手を広げて寝ている興四郎を避《よ》けて、文机に近づく。

描かれていたのは、男の絵だった。ひどく痩《や》せていて、髪も髭《ひげ》も、落ち武者のように伸びている。

少し驚いた。興四郎はいつも女の絵を描く。痩せていて、向こう側が透けてしまいそうなほど色の白い女の絵だ。

幽霊絵で有名な絵師だということは知っている。だが、いつも幽霊の絵を描いているわけではないような気もする。

幽霊に見えることも、生きている女の人に見えることもある。ただ、どの人も、哀しみや恨みや、心残りを抱えているようだった。

この男の人はどうだろう。

目が大きく見開かれている。まるで、恐ろしいものを見てしまったかのように。

湖か、海かはわからないが、腰から下が水に浸《つ》かっていて、着物がじっとりと濡《ぬ》れている。

わずかな筆跡だけで描かれているのに、浴衣《ゆかた》が水を含んで重くなっている様子さえ、伝わってくる。

ぼんやりと眺めていると、興四郎が寝返りを打った。真阿が振り返ると、ゆっくりまぶたを開く。

「お真阿殿か。ここにくると、またお希与殿がいい顔をしないだろう」

希与が興四郎のことを嫌っているとは思わない。嫌っていたら、いくらなんでも半年以上も居候させたりはしないだろう。

興四郎は店の残り物を食い、絵を描いたり、昼寝をしたり、煙草を吸ったりしているだけだ。女中たちが、まるで大きな身体の幽霊だ、と笑っているのを聞いたことがある。興四郎を嫌う理由などない。

興四郎に助けられたことも、一度ある。

それでも、希与は、真阿が興四郎の部屋に行くことを嫌がっている。見つかったら叱られることはわかっている。だが、真阿には叱られるようなことをしているとは思えないのだ。

父の部屋を訪ねても叱られないのに、なぜ、興四郎の部屋を訪ねてはならないのだろう。真阿は養女だから、父の善太郎とは血のつながりはない。

父のことは好きだ。血のつながりがなくても、真阿を可愛がってくれる。そして、興四郎だって同じだ。

真阿は子供ではない。希与がなにを恐れているのかはわかっているつもりだ。

だが、興四郎は真阿がいる間は、絶対に自分から襖を閉めることはないし、真阿にあまり近づくこともない。

だから、興四郎のことは少しも怖くない。父が怖くないのと同じように。

真阿は、興四郎の描いた絵に視線を落とした。

「男の人の絵」

そう尋ねるつもりもなく、つぶやくと興四郎は身体を起こした。

「ああ、なんかつい、筆が動いて描いてしまった。男の絵は、武者絵か役者絵でもなければあまり売れないのにな」

たしかに絵の中の男は、武者でも役者でもないように見える。病なのか、死にかけているのか、少なくとも生気にあふれているわけではない。

美しくも強くもない男の絵を欲しがる人はいないのか。そう考えてから気づく。絵に描かれるのも、美しい女ばかりだ。

よく太った女中頭のお豊《とよ》みたいな女も、めったに描かれることはない。

真阿はまじまじと、その絵を眺める。売れないだろうと興四郎は言ったが、真阿はこの絵が好きだ。背筋が冷たくなるのと同時に、どうしようもなく寂しくなる。

「俊寛《しゅんかん》みたい」

そう言うと、興四郎は少し笑った。

「お真阿殿はものをよく知っている」

からかわれているような気がして、あまり気分はよくない。

大人になれば、こんなふうにからかわれるようなこともないのだろうか。

俊寛。陰謀に加担した罪で、鬼界《きかい》ヶ島に流された僧。一緒に流された罪人が許された後も、俊寛だけ許されず、島に取り残されたという。

興四郎はしばらく考え込んだ。

「俊寛か……俊寛の絵だということにすれば売れるかもしれないな」

名前も知らぬ、どこかの誰かの絵は売れないが、俊寛の絵ならば売れるのか。

「どうして？」

「さあ、どうしてだろうな」

俊寛の話を聞いたとき、真阿は、自分も遠い小島に取り残されたような気分になった。

そんなことはこれまで一度もなかったし、想像しただけでも耐えがたく感じるのに、なぜか関わりのない話だとは思えなかった。

同じように感じる人が、他にもたくさんいるのかもしれない。そういう人は、美しい女の絵を買うように、俊寛の絵を買うのだろう。

そんなことを考えていると、階段を上がってくる軽い足音が聞こえた。

顔を出したのは、仲居の秋だった。秋は、真阿の顔を見て少し驚いた顔になったが、真阿にはなにも言わずに、興四郎に話しかける。

「興四郎さんにお目にかかりたいと、若い男の方がいらっしゃいましたが、いかがしましょう」

「ああ、通してくれ」

秋は優しいから、希与に言いつけたりはしないだろう。他の仲居でなくてよかったと思う。

もっと興四郎と話したかったのに、秋は手招きをして、真阿を呼んだ。

「なあに」

「お客様がいらっしゃいますから、お嬢様はお部屋にお戻りください」

「ここにいては駄目なの？」

「駄目です。興四郎さんとお話しになるのはかまいませんけど、興四郎さんのところにきた人に、お嬢様を会わせないようにと、おかみさんからきつく言われてますので」

希与がそう言うのも、単なる過保護ゆえではない。

興四郎のところには、変わった客がよく訪ねてくる。真阿は仕方なく頷《うなず》いた。

「わかった。部屋に帰ります」

もちろん、黙って言うことを聞くつもりはない。

前よりは、外に出ることが増えたとは言っても、興四郎ほどあちこちを見て歩くことはできない。

真阿にとって、興四郎は広い世界の入り口なのだ。


一度、部屋に戻って、しばらく様子をうかがった。

秋も、他の仲居たちも、店の方に戻ってしまった。そろそろ店が忙しくなる頃だから、夜遅くなるまで、こちらには戻ってこないはずだ。

真阿は、こっそりと自分の部屋を抜け出し、音を立てないように階段を上がる。二階から話し声が聞こえてきたから、客はまだ帰ってはいないようだ。

興四郎の部屋の襖は、開けっ放しになっている。

真阿は、布団部屋になっている隣の部屋の襖をそっと開け、中に忍び込んだ。壁に耳を寄せて、話を聞く。

「平次郎《へいじろう》殿、で、その絵がどうしたというんだ？」

少し投げやりな興四郎の声がそう尋ねる。

「この絵が言うのだ。『帰りたい』と」

客人の声はまだ若い。二十かそこらのように聞こえる。

「帰りたい？」

「そうだ。この絵を手に入れてから、毎日夢を見る。絵の中の女が言うのだ。『帰りたい。帰らせてくれ』と」

まるで俊寛だ。

「この絵を描いたのは、お主であろう。浪興《なみおき》殿」

「そりゃあ、昔の名前だ。今は、ただの火狂だ」

男の話し方は、どこか硬い。昔は武士だった家の者かもしれない。

「俺の筆と言えるかもしれないが、これは錦絵《にしきえ》だ。二百枚くらいは摺《す》ったはずだから、どこに売られたかなんていちいち知るはずもない。この絵がどこに帰りたいと言っているのかなんて、知らねえな」

「そうなのか。お主のところに帰りたいのかと思ったが……」

興四郎が笑った。

「下絵は俺が描いたが、その後は版元に渡した。彫師がこの絵で版木を彫って、その後は俺が色を決めてから摺る。どちらにせよ、この絵を依頼したのは版元で、俺が描きたくて描いたものじゃねえ」

男はしばらく黙り込んだ。興四郎が尋ねた。

「この絵をどこで手に入れた」

「土佐《とさ》だ」

土佐は、四国の南。太陽がよく照り、雨がよく降る土地だと、子供の頃、誰かから聞いた。そんなことがあるだろうかと当時は思ったが、今は少しはわかる。

よく怒り、よく笑う人のような土地なのだろう。

「土佐か。ずいぶん、遠くまで行ったもんだな。この錦絵は、江戸の版元から売られたものだ」

「海沿いの遍路道にある一つ家だった。足をくじいて、宿場まで行けそうになかったとき、そこで接待を受けた。よく人を泊めるのだと聞いていたから、誰かが宿賃代わりに置いていったのだろう」

男の話し声には訛《なま》りはない。東京の人なのか、それとも他の土地を転々としているのか。

「この絵が気に入って、もらい受けたのか？」

「いや、その家の老人が、病で臥《ふ》せっていたのだ。家を出るとき、母が持たせてくれた人参《にんじん》があったから、それを老人にやることにした。そうしたら、その礼に、この錦絵をくれた。人気のある絵師のものだから、きっと売れるのではないか、と」

興四郎が声を上げて笑うのが聞こえた。

「残念ながら、俺の絵は、幽霊絵しか売れなくてね。この絵を買ってくれるところなどないさ」

「それは別にかまわぬ。売るために譲り受けたわけではない。ただで渡すよりは、彼らも心苦しくはないだろうと思っただけだ。長旅の慰みにもなるだろうしな」

「そりゃあどうも」

しばらく沈黙が流れる。

「この絵を置いていっていいか。帰りたいというものを、持ち歩くのも心苦しい」

「一文も払えないが、それでいいなら、置いていくといい」

「なら、置いていこう。わたしはしばらく、天満《てんま》の親戚《しんせき》の家に滞在している。東京に帰るときに、もう一度、ここに立ち寄ってもかまわぬか？」

「好きにすればいいさ」

「では、ごめん」

男が部屋を出て行く足音が聞こえた。真阿は、襖をそっと開けて、廊下を見た。

袴《はかま》と長い外套《がいとう》を着た男が、階段を下りていくのが見えた。

真阿はそのまま、廊下に出て、興四郎の部屋をのぞく。

興四郎は文机に絵を広げて、それを眺めていた。真阿の気配に気づいたのか、振り返らずに言う。

「聞いていたのか」

真阿は頷いた。

「少しだけ」

絵をのぞき込む。火鉢の横で、猫を抱いている女の絵だ。さらさらと描かれた興四郎の肉筆画と違い、この絵は打ち掛けの柄まで細密に描き込まれている。

髪にいくつもの笄《こうがい》が挿されているから、遊女なのだろう。

「この女の人は?」

「秋香《しゅうか》といって、当時、吉原で、人気の花魁《おいらん》だった。この絵もずいぶん売れたはずだ」

「その人は今、どうしているの?」

真阿がなにを心配しているのか、気づいたのだろう。興四郎は目を細めて笑った。

「もうとっくの昔に身請けされて、大店《おおだな》のおかみにおさまって、今はお松《まつ》と呼ばれている。なんの苦労もないとは言わねえが、生き霊になるほど追い詰められていることはないだろう。東京を離れるとき、店先をちらりとのぞきに行ったが、よく太って、元気そうだった」

それを聞いて、ほっとした。この美しい人が悲しんでいるとは思いたくなかった。だが、ならば、帰りたいと言っているのはいったい誰なのだろう。

この絵を持っていた老人なのか。だが、思いのこもった絵を、そんなに簡単に人にやってしまうものだろうか。

さきほどの男も、この絵に思い入れがあるわけでもなさそうだった。

絵の中の秋香は、愛《いと》おしそうに猫に頬ずりをしていた。

興四郎が、思い出したように言った。

「そういや、その猫もまだ二年前は生きていたぞ。お松の膝《ひざ》で丸くなっていた。今頃は猫又になっているかもしれねえな」

それを聞いて、真阿は自然と笑ってしまった。

老猫になるまで可愛がられて暮らした猫ならば、猫又になっても穏やかだろう。


海が見える。

積み重なった岩に、白い波がぶつかって砕ける。激昂《げっこう》するかのように荒れた海だった。

夢とうつつの間で真阿は考える。

こんな海を見たことがあっただろうか。

海なら、何度も見ている。堺《さかい》に浜遊びに行ったこともあるし、東京から大阪にくるときも、道中、海沿いの道を通った。

静かに凪《な》いでいるときもあれば、白い波が立っていることもあった。

だが、これほどまでに荒々しい海を見たことがない。しかも、空は曇っていて、風もさほど強くはないのに。

部屋の中は暗い。壁の隙間から差し込む光だけが、頼りだ。

その隙間に目を押し当てて、ずっと海を見ている。

少しずつ、指からは力が抜けていく。喉《のど》が焼けつくように渇いていて、海まで走って行って、その水を浴びるほど飲みたいと思う。

壁を撫《な》でたり、押したり、出入り口がないか探すが、引き戸は固く閉ざされている。まるで外から釘《くぎ》を打ち付けでもしたかのように。

人を呼ぼうと思ったのに、かすれた弱々しい声しか出ない。

自分は知っているのだ。もう、ここから出ることもなく、ただこの苦しみが長引くだけだということを。

泣きながら、声にならない声でつぶやいた。

「帰りたい……帰らせてくれ……」

帰れるならば、なにを差し出してもかまわない。

それに応《こた》えるものはなく、ただ波の音だけが耳に残る。

重苦しい夢を見たせいか、寝たような気がしない。

ぼうっとしていると、朝餉《あさげ》を運んできたお関が言った。

「二階の居候さんが、なにやら旅支度をされてますけど、もう出て行かれるんですかねえ」

「ええっ！」

興四郎に会いに行こうとすると、お関に止められた。

「せっかく、あたたかいうちに運んできたんですから、先に召し上がってください。居候さんもすぐには出て行きませんよ」

そう言われて、渋々、箸《はし》を取る。

「興四郎に、わたしが行くから待っていてって言ってよ」

「はいはい、お嬢様がそう仰せだったとお伝えしますよ」

それを聞いて、ほっとする。頼りないところもあるお関だが、真阿のことばを軽んじるようなことはない。

急いで朝餉を食べ終えると、真阿は興四郎を捜した。

二階はすでにきれいに片付いていて、置いて行かれたのかと悲しくなったが、興四郎は勝手口で、脚絆《きゃはん》をつけていた。

「どこに行くの？」

「土佐に行ってくる。どうやら、放っておかない方がよさそうだ」

あの絵のことだろうか。真阿は思わず尋ねた。

「土佐の波は荒いの？」

興四郎は怪訝《けげん》な顔になった。

「荒波だと聞くが、なぜ、それを？」

「夢を見たから……小屋みたいなところに閉じ込められていた。壁の隙間から海が見えた」

砕け散るような荒い波だった。

興四郎は脚絆を半分つけた状態で、しばらく考え込んでいた。

土佐に行くならば、一緒に行きたいと思った。だが、希与も善太郎もそんなことを許してくれるはずはない。

興四郎は、息を吐くと脚絆の紐《ひも》を結びはじめた。

「興四郎……」

「お真阿殿、もし、この前の平次郎という男がもう一度現れたら、二階の床の間に掛けた絵を、渡してくれないか」

「わかった」

顔は見ていないが、背格好と、なにより声をはっきり覚えている。もう一度声を聞いたらわかる。

興四郎は、荷物を持って立ち上がった。

「なるべく早く戻る」

興四郎が行ってしまうと、真阿はもう一度、二階に向かった。

たしかに床の間には、見たことのない掛け軸が掛かっていた。

波間に揺れる小舟の絵だった。


何度も、同じ夢を見た。

荒く砕ける波と、開かない戸と、喉の渇きだけが同じだった。なにをすることもできずに、ただ濡れた床に横たわって、泣いているときもあれば、重苦しい身体をなんとか起こして、壁を叩《たた》いて、助けを呼んでいるときもあった。

苦しい夢だったが、朝がくれば、真阿は夢から解放される。

夢の中の人は、ずっとあの小屋にいるのだろうか。


師走《しわす》も近づいたある日、大阪に雪が降った。

はらはらと、庭の椿の木に降りかかり、明日には溶けてしまうほどのささやかな雪だけれど、真阿はまだ帰らぬ興四郎のことを考えた。

さすがにもう土佐には着いているだろう。まだそこにいるのか、それとももう帰路についたのか。

不安なのは、興四郎が必ず帰ってくるという保証などどこにもないことだ。

なぜ、しの田にいるのかもわからない。興四郎の絵を目当てにくる客もいるというから、しの田にとっては損のない居候だとしても、興四郎がここにい続ける理由などない。

土佐を出た後、どこかにふらりと行ってしまってもなんの不思議はないのだ。

そうなってしまうと、もう真阿は興四郎には会えない。どこにいるのか、捜すことすら難しいだろう。

真阿は、出て行ったときの興四郎の顔を思い出す。興四郎は「なるべく早く戻る」と言ったのだ。

今まで、興四郎が約束を破ったことはない。だから、なにもなければ、必ず帰ってくる。

土佐にも雪が降るだろうか。南の方だから、少しは暖かいのかもしれない。

そんなことを考えながら、しもやけの足を擦《こす》っていると、お関が真阿の部屋までやってきた。

「お嬢様、二階の居候さんにご用があるという方がいらしてはりますけど……」

真阿は勢いよく立ち上がった。

「どんな人？」

「まだ若い、女の人です。なんでも天満の沼田《ぬまた》様というお家のお使いの方だそうですけど……」

平次郎も天満にいると言っていた。もしかすると平次郎の使いかもしれない。二階の興四郎の部屋に通してもらうように、お関に頼む。

真阿は、身支度を整えると、二階に上がった。

二階にいたのは、二十をひとつかふたつ、越したような若い女だった。地味な着物を身につけ、座布団も使わずに床に座っている。

真阿はおそるおそる尋ねた。

「平次郎さんのお使いの方……？」

「ええ、そうでございます。時《とき》と申します」

時と名乗った人は、深々と頭を下げた。

「平次郎様は、今月の中頃から、風邪をこじらせて床に臥せっておいでです。叔父《おじ》である旦那《だんな》様は、若いからすぐに治るだろうと考えておられるようでしたが、いっこうによくならず……。最近では、うわごとばかりおっしゃって……」

真阿は思わず尋ねた。

「うわごとってどんな？」

「帰りたい……帰りたい……と」

真阿は息を呑《の》んだ。もしかして、真阿と同じ夢を見ているのだろうか。

「昨日、いきなり目を覚まされて、わたくしに『新町のしの田に、火狂という絵師がいる……』とだけおっしゃって……。それを旦那様にご相談したら、すぐにその男にきてもらうようにとおっしゃいまして、ここまできた次第でございます。ですが、火狂様とおっしゃる方は……？」

「旅に出ています。でも、言付かっているものがある」

真阿は、床の間に掛けられた小舟の絵を外して、時に見せた。

時はきょとんとした顔になった。

「この絵がなにか……？」

「興四郎が、平次郎さんという方がきたら、渡すように、と」

時は、意味がわからないような顔で小舟の絵を眺めている。

このまま時に渡してもいいが、それも少し不安だ。真阿は心を決めた。

「わたしが平次郎さんのところに届けます」

「ええっ、でも……」

「一緒に参りましょう」

お関に言うと止められるだろうし、希与も善太郎も許してはくれないだろう。

だが、土佐まで行くのは無理でも、天満までならひとりでだって行けるはずだ。

真阿自身の足で。


川を越え、しばらく歩いたところに、その大きな武家屋敷はあった。

真阿はふろしきに包んだ絵を抱きしめた。

初めての家に足を踏み入れるのは、やはり緊張する。

濡れたような綸子《りんず》の羽織を着た女が、真阿を見て驚いた顔をした。四十くらいだろうか。

「お時？　この方は？」

真阿は頭を下げた。

「しの田の娘で、真阿と申します。火狂殿は旅に出ておられますので、言付かった品を持って参りました」

「まあ、それはそれは。わたくしは沼田の妻で、春代《はるよ》と申します」

春代の話によると、平次郎はもう二週間も臥せっているという。熱も下がらず、食事も満足に取れないらしい。

「平次郎は、父親の病の快癒祈願で、四国八十八箇所を回っておりました。それなのに、自分が病に倒れるだなんて……。母親に文を送りましたが、ひどく心配しておりました。無事に東京に帰してやりたいのです」

胸がぎゅっと痛くなる。帰れない人がここにもいる。

案内された奥の部屋は、むっとするような臭いに包まれていた。濡れた獣のような臭いだ。もう何日も風呂《ふろ》に入っていないのだろう。

布団に横たわった平次郎は、赤い顔にじっとりと汗を滲《にじ》ませていた。

丸顔で、人の好《よ》さそうな風貌《ふうぼう》をしているが、あのとき後ろ姿を見た平次郎かどうかは、確信が持てない。

考え込んでいると、平次郎が手を宙に伸ばした。目を見開いて、かすれたような声で言う。

「帰りたい……帰らせてくれ……」

力のない声だったが、先日、興四郎の部屋で聞いた声と同じだ。

春代は目に涙を浮かべて、平次郎の手を取った。

「おお、そうでしょう。そうでしょうとも……」

平次郎の手は、春代の手をするりと抜けて、また宙をさまよう。

真阿は、興四郎の絵を抱きしめた。

「絵を……飾ってもかまいませんか？」

「絵を？　もちろん、かまいませんが、仏画かなにかでしょうか……」

真阿はふろしきをほどいて、表装された絵を取り出した。春代も時も、怪訝な顔になる。

仏様の絵ならわかるが、小舟の絵など飾ってどうにかなるのだろうか。ふたりの顔にそう書いてある。

真阿は部屋を見回した。床の間はないが、柱に釘がひとつ打ってある。以前なにかを飾っていたのだろう。その釘に絵を掛けた。

急に部屋の空気が変わった気がした。

平次郎の手が、ばたりと布団の上に落ちた。顔から赤みが引き、寝息が安らかになる。

戸を開けて風を入れたように、嫌な臭いが消えていく。

真阿は目を閉じた。

帰っていったのだ、と思った。

その数日後、興四郎が帰ってきた。

秋からその知らせを聞いて、真阿は勝手口まで走った。興四郎は草鞋《わらじ》を脱いで、勝手口で足を洗っていた。

真阿を見ると、興四郎は笑って、懐から大きな黄色いみかんを取り出した。

「文旦だ。酸っぱいがなかなか美味《うま》い」

あまりに大きくて、どうやって剝《む》くのかもわからない。

「絵を平次郎さんのところに届けた」

後で、真阿がいなくなったことに気づいたお関が大騒ぎして、帰ったときには希与と善太郎にこっぴどく叱られた。

昼間に家を出て、夜になる前に帰ったのに、そんなに叱られなければならないことだろうかと、真阿は今でも少し拗《す》ねている。

「ああ、ありがてえ。お真阿殿は頼りになる」

興四郎にそう言われる方が、叱られるよりもずっと気分がいい。

「平次郎さんが泊まった家は見つかった？」

そう尋ねると、興四郎は頷いた。

「ああ、足摺《あしずり》岬に近い一つ家だった」

足摺岬。くたくたになって、足を摺りながらしか歩けないから、そんな名前がついたのだろうか。

「平次郎が、人参をやった老人はもう死んでいた。だから、その女房が素直に白状した。今年の夏、男をひとり殺したと」

真阿は息を呑んだ。

「夫が病で寝付いて、どうしても薬代が欲しかったらしい。ちょうど、一晩泊めてほしいと言ってきた男を殺して、路銀を盗んだ。死体は、家の裏の浜に穴を掘って埋めたらしい。恐ろしい話だ」

真阿は黙って、興四郎の話を聞いていた。

なぜ、裕福そうに見える平次郎は殺されなかったか、人参を老人に気前よくやったからか、それとも他に理由があるのか。

真阿は自分の見た夢を思い出した。

興四郎が、本当のことを話しているなら、あの夢はいったいなんなのか。平次郎はなぜ、「帰りたい……」と言ったのか。

真阿は口を開いて、息を吐くように言った。

「興四郎、本当のことを教えて」

興四郎の目が大きく見開かれた。一瞬、なにかを恐れているような顔になった。

「お真阿殿にはかなわねえな……」

すぐにいつもの優しい興四郎の顔に戻る。

「その男は、死ななかった」

老女は、山に行って猛毒だと言われている茸《きのこ》を採ってきて、それを男の朝餉の汁に入れた。

男は死ななかった。もがき苦しんで、胸を掻《か》きむしり、血反吐《ちへど》を吐いたが、それでも死ななかった。

「女は、恐ろしくてとどめを刺すこともできなかったらしい」

だから、閉じ込めた。

毒を食べて、苦しみ、悶絶《もんぜつ》する男を。

「家の隣の小屋だ。昔は馬を飼っていたらしい。そこに閉じ込めて、戸を釘で打ち付けた。何日生きていたかは、よくわからないと女は語った。三日か、四日か。七日ほどして、異臭が漂いだしたから、釘を抜いて、死体を引きずり出して、浜に埋めたそうだ」

閉じ込められた男は、なにを思っただろう。毒で苦しみながら、少しずつ死んでいく。強烈な渇きと飢えもある。なにより、もう自分が助からないだろうという絶望が、心を苛《さいな》む。

地獄のような苦しみの中、男は海を見て考えたのだろう。

帰りたい。帰らせてくれ、と。

「俺の錦絵は、その男が持っていたらしい。少しでも金に換えられないかと思って、残したそうだ。とんだとばっちりだ」

真阿が知っていることはもうひとつある。

昨日、時が籠《かご》にいっぱいのみかんを、家に届けてくれた。沼田様からのお礼の品だという話だった。

平次郎の熱は下がり、粥《かゆ》なども少しずつ食べられるようになってきたらしい。医者も平次郎の回復力に、目を丸くしていたと聞いた。

「でもね。ひとつ、不思議なことがあるんです」

時はなにかを思い出すような目をしてそう言った。

「お真阿様が置いていった、あの絵、翌朝になってみたら、ただの一枚の紙になっていました。絵が消えてしまったんです。旦那様も、奥様も、翌日になったら消えてしまうような特別な絵の具で描かれていたんだろう、なんておっしゃってますけど……」

そんなことはありえない。興四郎があの絵を描いたのは、ひと月近く前のことだ。

真阿は思う。

たぶん、あの舟に乗って帰っていった人がいたのだ。

彫師の地獄

猫の絵を描いてみた。

最近、ときどき、庭に現れる猫だ。よく太っていて、分厚い毛皮で覆われた白猫で、いつも、真阿しか縁側にいないときに、ゆったりとした歩調で現れる。

そして、縁側に上がってきて、いちばん日当たりのいい場所で丸くなる。

お関に見つかって、箒《ほうき》で追い払われても、慌てて逃げたりはしない。まったくうるさい人間どもだ、みたいな顔をして、ゆうゆうと庭に降り、どこかに消えていく。

触ってみたくて手を伸ばすと、シャーと裂けそうな口で怒る。それなのにひなたぼっこをやめようともしない。

怒るのは、真阿のことが怖いからではない。誰も自分を好きにすることなどできないと、知っているからだ。

一度、寒い日に、その猫は真阿の膝《ひざ》まで上がってきた。なのに、撫《な》でようとしたらシャーと怒られた。まるで座布団になったような気がした。

顔には大きな傷痕《きずあと》があり、耳は半分ちぎれている。子猫のようには可愛くないし、ふてぶてしい顔をしている。

でも、真阿はその猫が好きだ。飼えないことはわかっているが、猫がくるとうれしい。可愛いと思う。

手習いの紙を広げて、白くて丸い身体を描き、ちぎれた耳を描いた。足の先をぺろぺろと舐《な》めているところが可愛いと思ったから、足を描いてみたが、うまくは描けなかった。

なんだか猫というより、まんじゅうから足が生えているようになってしまった。

自分が見ていた猫とも、自分が描きたい絵とも全然違う。

興四郎のことを考える。

興四郎が筆を動かすと、なめらかな線が生まれ、今にも動きだしそうな人のかたちになる。あんなふうに絵が描けたら、どんなに楽しいだろう。

真阿は、猫の絵を持って立ち上がった。自分の部屋を出て、二階に向かう。

興四郎は、いつものように脇息《きょうそく》にもたれながら、煙管《キセル》で煙草を吸っていた。

「今、いい？」

そう尋ねると、興四郎は黙って頷《うなず》いた。

どこかから持ってきたのか、板が敷かれていて、その上に丸顔のきれいな女の人の絵があった。

まだ乾いていない絵の具皿がいくつも畳の上にあるから、さっきまで絵を描いていたのだろう。

真阿はその絵をまじまじと見た。ほんのりと赤い頬も、ふっくらとした唇も、温かみのある卵色の着物も、とても上手《うま》く描かれているのに、なぜか少しも好きにはなれない。

興四郎のいつもの絵と全然違う気がした。

興四郎は吸い殻を、煙草盆の灰落としに打ちつけて捨ててから、立ったままの真阿を見上げた。

「頼まれて描いた絵だ。手元が不如意になったからな」

「怖くないね」

真阿がそう言うと、興四郎は声を上げて笑った。

「あたりめえだ。隣町の薬屋が、若い後妻をもらって、舞い上がって注文した絵だ。怖く描いたら突っ返されらあ」

ああ、これは興四郎が描きたくて描いた絵ではないのだ。

あまり好きになれない理由がわかった気がした。

「きれいな人だね」

「ああ、それがわかればいいんだ」

興四郎は膝《ひざ》を立てて、開いた窓から外を眺めた。

「まあ、俺みたいなのは、絵が描けるからなんとか生きていけてるようなもんだ。江戸から大阪にくるときも、あちこちで襖絵《ふすまえ》を描いたり、笑い絵を売ったりして、草鞋《わらじ》銭《せん》を稼ぎながらきた」

興四郎は自嘲《じちょう》するようにそう言ったが、その自由さが真阿にはうらやましい。紙と筆さえあれば、値打ちのあるものが生み出せるなんて、すごいことだ。

「どうやったら絵が描けるようになるの？」

真阿がそう尋ねると、興四郎は驚いたような顔になった。

「なんだ。お真阿殿は、絵が描きたいのか？」

真阿は、さきほど描いた猫の絵を差し出した。興四郎は、それを見て、小さく笑った。

下手だから、笑われたのだと思った。だが、興四郎は続けてこう言った。

「いい絵だな。俺の、その美人画なんかより、ずっといい」

思いがけないことを言われて、真阿は唇をひん曲げた。

「嘘ばっかり」

「嘘じゃねえよ。柔らかくて、ぬくい感じがよく出てる。猫の可愛らしさをちゃんとつかまえていて、逃がしてねえ。これはいい絵だ」

興四郎が本当に褒めてくれていると気づいて、真阿は驚いた。

「でも、足がとってつけたようになってしまった」

「ああ、こういうのはな。ちゃんとよく見れば描ける」

興四郎は、文机《ふづくえ》の上に別の紙を広げて、さらさらと猫を描いた。真阿が描きたかった、前足を舐める猫だ。

「描くためにはちゃんと見なきゃいけねえ。ちゃんと見て、なにもかも忘れないようにして、それから描くんだ。うまく描けないってことは、ちゃんと見てないってことだ」

たしかに、真阿はぼんやりとした記憶だけで、猫を描いてしまった。胴体と前足がどんなふうに繋《つな》がっていたのか、足がどんな形で曲がっていたのか、まったく覚えていない。

興四郎は、真阿の描いた猫を持ち上げて、じっくり見た。

「あんまり見ないで。下手だから」

「上手くなくたっていい絵はあるさ。お真阿殿はこの猫が可愛いと思っているんだろう。丸くって、厚かましくて、ちょっと気位が高い」

真阿は驚いた。猫のことは興四郎に話していない。

「どうして知ってるの？　この猫に会ったことある？」

「ない。でも、お真阿殿の絵に、全部描いてある」

真阿はなにげなく猫を描いてみただけなのに、どんな猫か、真阿がどんなふうに思っているのかまで、読み取られてしまった。

それも、興四郎の目が絵をよく見ているからだろうか。

真阿は思い切って言った。

「絵を教えてほしい」

興四郎は少し驚いた顔をしたが、すぐに笑った。

「おとっつぁんと、おっかさんがいいと言ったらな」

父と母に頼んでみた。母の希与は少し嫌な顔をしたが、習っている間、お関に一緒にいてもらうという条件で、渋々頷いた。父は真阿に甘いから、危ないことでなければ許してくれる。

最初は、枯れた枝を墨で描いた。

興四郎が描くと、ちゃんと枝に見えるのに、真阿が描くと、力のない線が這《は》っているだけのようにしか見えない。

それでも何度も筆を動かすうちに、線が枝のように見えることがある。どうしてなのかわからないけど、霧が急に晴れるようでおもしろい。

雪はとても難しくて、なんど筆を動かしても雪には見えなかった。

梅のつぼみのついた枝を描いたときは、なぜだか筆がすいすいと動いた。興四郎は、ほう……とためいきをついた。

「こりゃあいい絵だ」

「へたくそだよ」

何度も描いているからわかる。線は思い切りがないし、つぼみの質感もうまく出せない。興四郎の描く絵は、枝は固く、つぼみは柔らかいことがよくわかる。

興四郎は笑った。

「ひとりが好きだと言えば、それはいい絵なんだ。絵師だってそうだ。買ってもらってはじめて仕事になる。肉筆画なら、ひとりが欲しがってくれれば、それで商売になる」

この前、興四郎が描いていた美人の絵もそうかもしれない。

真阿は少しも好きではなかったが、頼んだ客からすれば、美しく華やかであれば、いい絵だったのだろう。

「錦絵《にしきえ》だと、たくさんの人に好きになってもらわないといけないね」

一枚だけ残る肉筆画と、何枚も摺《す》る錦絵は違う。

「そうだな。二百人以上だ」

なんだか、とてつもない数のような気がした。想像すると息苦しくなる。

興四郎は、あぐらをかいて、真阿の絵をのぞき込んだ。

「だから、今が気楽だ」

昔は錦絵を描いていたと聞いた。興四郎も息苦しくなったのだろうか。

興四郎の描く枝は、どこまでも空に向かって伸びていくようだ。

お関は部屋の隅で、座ったままこっくりこっくりと居眠りをしていた。


その男がやってきたのは、真阿が絵を習い始めてから半月経った頃のことだった。

ふろしき包みを持って、怒ったような顔で、部屋に入ってきて、畳の上であぐらをかいた。

「誰だ、おめえ」

興四郎は眉間《みけん》に皺《しわ》を寄せた。

「高田《たかだ》屋のもんだ。何度か会ったことはある。利市《りいち》という」

興四郎は目を細めた。なにか思い出したらしい。

「彫師か……蓬吉《ほうきち》の弟子の」

利市と名乗った男は少し苦い顔をして頷いた。三十代くらいだろうか。背は低いが身体はがっしりしている。

「そうだ」

少し緊張が解けた顔をして、興四郎は男の方を向いた。襖のそばでおろおろしているお関に「心配ない」と目で合図をする。

「で、どうして大阪へ？　高田屋はどうした」

「おやじさんが、二年前死んだ。今は息子が後を継いでいる。俺は暇《いとま》を取った」

ぶつ切りのようなことばで喋《しゃべ》る。

「大阪にきたのは、浪興殿、あんたに会うためだ」

興四郎の表情が強《こわ》ばった。

「悪いが、その名はもう捨てた。今はただの興四郎だ。号は火狂」

「わかった」

利市は頷いて、膝で興四郎ににじり寄る。そして言った。

「あんたの絵を彫らせてくれ」

「ああ？」

興四郎は、顔をしかめて不快そうな声を出した。

利市は一瞬、怯《ひる》んだようなそぶりを見せたが、早口で後を続ける。

「あんたの絵はもっと売れていいはずだ。歌川の名がなくたって、充分、人気絵師になれる。俺に彫らせてくれ。東京に戻りたくないなら、大阪の版元に話をつけてもいい。伝手《つて》はある」

ばさばさと乱暴な音を立てて、興四郎は散らばった紙をまとめた。普段はあまり音を立てて動かない人だから、驚いた。たぶん、腹を立てているのだ。

「もう錦絵はやらないつもりだ」

「なぜ？」

「面倒だからだ」

まるでその答えを待っていたかのように、利市は笑った。

「俺なら、蓬吉よりも、ずっと上手く彫れる。あんたの絵も活《い》かせる」

利市は、畳に手を突いた。

「頼む。俺に、あんたの絵を彫らせてくれないか」

興四郎は冷めたような顔で、煙草盆を引き寄せた。

「これまで彫った錦絵を見てくれ。有名な絵師のものもたくさんある！」

そう言いながら、利市はふろしき包みを広げて、何十枚もの錦絵を取り出した。それをまとめて興四郎に差し出す。

興四郎がぞんざいに受け取ったから、何枚かの錦絵が畳の上に落ちた。

鮮やかな色彩が散らばる。夕涼みしている美人の絵暦、遊女たちが客を待つ、廓《くるわ》の店先、観たことのない芝居の場面。

錦絵を見るのは好きだから、拾うふりをして見入ってしまう。

彫りが上手いか下手かなんてわからない。下絵を見ればわかるのかもしれないけれど、版元の人間でもなければ、下絵を見る機会などない。ただ、どの錦絵も美しかった。

「よくできてるじゃねえか。俺みたいなののところに来ずとも、もっと有名な絵師と組めばいい」

「俺の彫りが気にいらねえのか」

「そうじゃない。さっきも言ったが、もう錦絵はやるつもりはない。それに、おまえこそ、なんで俺みたいな木っ端絵師にこだわる。これだけの絵師と一緒に仕事をしているのなら、俺のことなんか放っておきゃあいいじゃねえか」

その問いかけには答えず、利市はきりきりと奥歯を嚙《か》んだ。

「じゃあ、もし蓬吉が訪ねてきたら、どうするんだ。蓬吉が一緒にやろうと言ったら、あんたはどう答える」

興四郎は煙草に火をつけた。ふうっと天井に向けて煙を吐く。

「そうだな……年に一、二枚くらいならやってみてもいいかもな。蓬吉は今、どうしている」

利市は、吐き捨てるように言った。

「あいつは、もう彫師をやめちまった」

利市が帰ってしまうと、興四郎は煙管を仕舞って、真阿に話しかけた。

「俺の錦絵を見るか？」

「見たい！」

興四郎は重たそうな仕草で立ち上がると、押し入れからふろしき包みを取り出した。

興四郎があまり、自分のものを持っていないことを知っているから、これは大切なものなのだろう。

「あまり自分の絵を置いておくほうじゃねえんだが、これは気に入って、手放したくなかった」

一枚の錦絵を取り出して、真阿に渡す。横に長い錦絵だ。

左側は夜で、狩衣《かりぎぬ》と烏帽子《えぼし》を身につけた男が空を飛び、火を噴いている。右側は赤い振袖《ふりそで》を着た吹輪の姫が、伏籠《ふせご》の中に隠れている。

物語の中か、芝居の一場面だろう。美しいのか、怖いのか、壮絶なのかはよくわからない。それでも、目が離せない迫力があった。

「菅丞相《かんしょうじょう》だ。菅原伝授手習鑑《すがわらでんじゅてならいかがみ》の」

真阿は観たことがないが、菅原道真《すがわらのみちざね》をモデルにした話だということは知っている。天神様《てんじんさま》に祀《まつ》られている偉い人だ。

「蓬吉という人は、上手かったの？」

そう言うと、興四郎は声を上げて笑った。

「そうでもなかったな。仕事が粗い上に、酒が好きでときどき酔っていた。親方にもよくどやされていた。だから、やめたと聞いても、そこまで驚いたわけじゃない。ただ……」

「ただ？」

興四郎は少し照れたように笑ってから言った。

「なんか、よかった」

興四郎の言う意味が、真阿にはよくわからなかった。

「わからねえんだ。腕はさほどいいわけでもない。ほら、ここ」

興四郎は伏籠の姫君の衣装を指さした。

「俺は、苅屋《かりや》姫の衣装の柄まで下絵には描いたのに、伏籠と重なって面倒だと、省きやがった」

「怒らなかったの？」

「言われてみれば、柄がない方が、いいような気がしてきちまったんだ。あまりにあいつが、飄々《ひょうひょう》と悪びれなく言うもんだから」

それも人柄なのだろうか。

「それに、なんだろうな。あいつが彫った錦絵には、なんか勢いがあるんだ。売れ行きもよかった気がした。証《あかし》はないし、実績にもなりにくい。描かれている人物や、物語、絵師の人気によって、売り上げは変わる。彫師の仕事は見えにくい。だが、俺以外にも、蓬吉を気に入っている絵師はいた」

「違う彫師に同じ絵を彫ってもらうことはできないの？」

そうすれば、蓬吉の彫った錦絵が、本当に人に好まれるのかがわかる。

「できないんだよ。版下絵は、版木に貼り付けて、その上から彫ってしまう。もう一枚描いても、それが前と同じものだとは言えない」

つまり、苦労して描いた版下絵を活かすも、殺すも彫師次第だということだ。

ひどく恐ろしい気がした。絵師の側も、彫師の側も。

同じものは二度と描けないかもしれないのに、その絵を託す。彫師が彫ると、その版下絵は消えてしまうのだ。彫り上げた版木で、錦絵は摺られるが、その過程で、大事なものを失ってしまうかもしれない。

「さっきも言ったように、仕事は雑だったから、蓬吉に腹を立てる絵師も多かった。腕が格別良かったとはっきり言えるわけではない。でもな」

興四郎はためいきをついた。

「やめたと聞いたときには寂しかったよ」

興四郎は、蓬吉の仕事が好きだったのだろう。だから、この菅丞相の錦絵もずっと持っている。

照れくさくなったのか、真阿の手から錦絵を取り上げて、興四郎は言った。

「まあ、俺には関係ないことだ。俺はもう錦絵はやらねえ。蓬吉がやめたのなら、かえってさっぱりする」

真阿は考える。興四郎が錦絵をやめる理由は、本当にただ「面倒くさい」というだけなのだろうか。

本当のことが知りたいと思ったけど、きっと興四郎は笑ってはぐらかすだけなのだろう。

その夜、真阿の眠りは浅かった。

ようやくうとうとしても、夢ばかり見る。ふてぶてしい白猫の夢、本当の母の夢、見たこともないのに、利市が版木を彫っている夢も見た。

なんだか眠る前よりもくたびれて、布団から抜け出した。綿入れを羽織って、障子を開ける。

月がまぶしいほど明るい夜だった。

空気は痛いほど冷たいけれど、布団から出たばかりの身体にはそれが気持ちいい。

にゃー、と猫の鳴き声がした。見れば、しまい忘れた座布団の上で、白猫が香箱を作っている。

思わず笑顔になってしまった。

夜もときどききているとは思わなかった。

猫は自由だ。塀も飛び越えて、どこにでも行ける。冬は凍えるし、食べ物がもらえないことだってあるから、いいことだけではないだろうが、ときどき、その自由さがうらやましくなる。

自然に白猫に手を伸ばしていた。怒られるかと思ったのに、白猫は真阿の掌《てのひら》に頭を擦《こす》りつけた。

うれしくてされるがままになっていると、急に白猫が座布団から飛び退いた。二階に上がる階段の方を振り返る。

「どうしたの？」

猫の毛が逆立った。身体の奥から出るようなはじめて聞く声を上げる。

なにかを警戒している。でも、いったいなにを。

物音もしない。誰かがいる様子もない。

真阿は立ち上がった。ゆっくりとそちらに向かう。それほど怖い気はしなかった。

猫は、フギャと鳴くと、庭に飛び降りて走って行ってしまった。

階段が見える場所までくると、男の影が見えた。身体を柱に隠して、そっと覗《のぞ》き見る。

しの田で働いている男衆ではない。肩まで伸びたざんばらの髪、薄い浴衣《ゆかた》一枚で、ぺたりぺたりという音を立てながら、二階への階段をゆっくり上っていく。

片手には酒の徳利《とっくり》をぶら下げている。

喉《のど》がひりついて声が出ない。

裸足《はだし》の足裏が板の間に貼り付いて、そして剝《は》がれる音だけがひびく。

ぺたり。ぺたり。

綿入れを着ていてすら、身震いするのに、あの人は浴衣一枚で寒くないのだろうか。

それに、いったいどこから入ってきたのだろう。

二階になにをしに行ったのだろう。

上まで見に行く勇気はなかった。

また猫の声がした。白猫が真阿の足下に戻ってきていた。ぐりぐりと頭を真阿の臑《すね》に擦りつける。

「部屋にくる？」

そう尋ねると、白猫はにゃあと鳴いて、また庭に降りた。

心配ご無用、と言われた気がした。


翌朝、朝餉《あさげ》を食べ終えると、真阿は二階に急いで上がった。

興四郎の部屋の襖は開け放しになっていた。

部屋の真ん中に布団が敷かれていて、高く盛り上がっている。

「興四郎？」

声をかけてみたけれど、返事はない。ゆっくりと中に入る。布団の間から、ふっくらと肉厚な興四郎の腕がのぞいている。手首に赤子のような輪ができていた。

かすかな鼾《いびき》が聞こえてほっとするが、昨日のことがどうしても聞きたい。

「興四郎」

もう一度呼ぶと、布団がもそもそと動いて、興四郎が顔を出した。まだ眠そうに目を擦る。

「なんだ。お真阿殿か……」

布団から起き上がり、乱れた浴衣を直して、どこで買ってきたのかわからない、派手な緞子《どんす》の綿入れを羽織る。興四郎の身体に合うようなものは、そう簡単には見つからないだろうから、力士の古着かもしれない。

「夜中に誰かきた？」

興四郎は立ち上がって布団をたたみ始めた。

「ああ、昨夜《ゆうべ》遅くに蓬吉がやってきた。あいつも大阪にいるなんて知らなかったが、少し話をした」

だとすれば、昨日、真阿が見たのは蓬吉だったのだろうか。

「蓬吉はなにしにきたの？」

「利市に版下絵を描いてやってほしいと言いにきた。あいつは腕のいい彫師だから、と」

夜中にそんなことを言うためにやってきたのか。なんだか不思議な気がしたが、世の中には真阿にはわからないことがたくさんある。

昨日は、月の明るい晩だったから、道に迷うようなことはなさそうだ。

「なんでそんなことを頼みにきたんだろうな。俺が見る限り、蓬吉と利市はあまりウマが合うようではなかったんだが」

それでも弟弟子だから気にかけていたのだろうか。

布団を押し入れにしまうと、興四郎は大きく伸びをした。

「まあ、蓬吉の頼みだから、一枚くらいは描くさ。それが売れるかどうかは知らないがな」

興四郎は身支度を整えると、近所の風呂《ふろ》に出かけていった。

真阿は階下に下りると、お関をつかまえて尋ねた。

「夜、みんなが寝た後、ふらっと知らない人が入ってくることってできる?」

「閂《かんぬき》をかけていますから、勝手に入ってくることなんかできませんよ。誰かが中から開ければ別ですけど」

だが、昨日見た蓬吉はたったひとりで歩いていた。男衆のうち誰かが、閂を開けたのだろうか。

まるで幽霊みたいだった、そう考えて、真阿はその考えを頭の隅っこに追いやる。

蓬吉が死んだとは誰も言っていない。生き霊というものもいるのだと、聞いたことはあるが、身体から抜け出した魂が、弟弟子の心配をするなんて、妙だ。

たぶん、誰かが閂を開けたのだ。そう考えてしまえば楽になる。

興四郎は、紙を買って戻ってきた。

薄い、向こうが透けるほどに薄い紙だ。少し乱暴に扱ったら破れてしまいそうで、触ることとさえ怖い。

そこにさらさらと細い筆で絵を描く。娘が、別の娘を持ち上げている絵だ。

その場面は真阿も見たことがある。

「加賀見山《かがみやま》だ」

「おお、物知りだな」

去年の秋、希与と一緒に浄瑠璃《じょうるり》を観に行った。

尾上《おのえ》という中老が、岩藤《いわふじ》という局《つぼね》に苛《いじ》められ、公の場で辱められて、自害する。その尾上に仕えていたお初《はつ》という娘が、尾上を抱き上げて、仇討《あだう》ちを誓うのだ。

忠臣蔵《ちゅうしんぐら》の浄瑠璃も見たことがあるが、塩谷《えんや》浪士たちは集団で高師直《こうのもろなお》の屋敷に踏み込むのに、お初はたったひとりで岩藤に対峙《たいじ》する。

忠臣蔵よりも凜々《りり》しいと真阿は思った。

興四郎の線は雄弁だ。太くなったり細くなったりして、線そのものが質感を表現している。墨一色で描かれた版下絵でもそれは変わらない。

お初の腕に力が入っていることさえ、絵を見ればわかるのだ。

ふいに、興四郎が真阿を見た。

「お真阿殿、そこに立ってくれぬか」

「ここ?」

言われた通り、窓の近くに立つ。興四郎は綿入れを丸めて、お真阿に抱かせた。

そして、別の薄紙を取り出して、そこに同じ構図で絵を描き始めた。

やっと理解する。真阿は、今、お初の代わりとして、ここに立っている。興四郎の頭の中にあるお初を、紙に移すための依《よ》り代だ。

半時ほどそうしていただろうか。

「これで終わりだ。疲れただろう」

そう言われて、綿入れを下ろす。

興四郎は、描き終えた版下絵を見せてくれた。最初のものよりも数段いい。色もないのにお初の怒りが燃えているのがわかる。お初の顔は少し真阿に似ている気がした。

「もし、摺り上がりができたら、お真阿殿にも差し上げよう」

もし、もらったら一生大事にするだろう。大阪一の小町娘でもなければ錦絵になることなんてない。

興四郎が使いを出し、利市が版下絵を取りにきたという話はお関から聞いた。利市は這いつくばらんばかりに大喜びをして、その版下絵を持ち帰ったそうだ。

だが、そこから待てど暮らせどなんの知らせもない。

梅だけではなく、桃も咲き、気が付けば桜のつぼみまでも大きくなっている。

さすがに気の長い興四郎も首を傾げていた。

「そろそろ墨摺りくらいはできてもいいもんだが」

版木から、黒一色の墨摺りを摺り上げ、それを見て、絵師がのせる色を決める。それから、色版を作って、何度も重ねて摺っていく。

それが錦絵の工程だと、興四郎から教わった。

「まあ、大阪の版元が見つからないのかもしれねえな」

どうやら、興四郎はあまり気にしてはいないようだった。真阿は少しやきもきしている。早く、あのお初の絵が錦絵になったところが見たいのだ。

ある日、興四郎に一通の文が届いた。東京からだということは、仲居の秋から聞いた。二階に上がると、興四郎は恐ろしい顔をして、その文を読んでいた。

「どうしたの？」

興四郎は首を横に振る。

「なんでもねえ。利市のところに行ってくる」

真阿は少し腹を立てた。隠し事をされるのは嫌いだ。

「なにがあったのか、教えて。あの晩、やってきた蓬吉のことも」

興四郎は驚いた目で、真阿を見た。

真冬に、裸足で浴衣一枚。そんな姿で、人の家にやってくる人間なんて知らない。

興四郎は、文を畳んで、ためいきをつくように言った。

「蓬吉は、去年の夏に死んでいる。橋から大川《おおかわ》に身投げした」


興四郎と真阿は利市の住んでいる長屋に向かった。

興四郎はひとりで行くと言ったが、真阿はなんとしてもついていくつもりだった。

「わたしは興四郎の弟子だもの」

そう言うと、興四郎は少しだけ笑った。

「お真阿殿にはかなわねえな」

幸い、利市が住んでいるのは長堀川《ながほりがわ》の近くで、しの田からそれほど遠くない。

歩きながら、興四郎に尋ねる。

「どうして、蓬吉は……」

身投げなどしたの？ということばは呑《の》み込んだ。あまりに禍々《まがまが》しくて口には出したくない。

「酒でしくじることは多く、親方にはよく叱られていた。腕のいい弟弟子の利市の方が重要な仕事を任されるようになってきた。それは仕方ねえ。腕だけがものをいう世界だ。だが、それでも蓬吉でなければという絵師もいたんだ。利市はそれが気にくわなかったらしい」

興四郎は感情を抑えながら話し続ける。

利市は、他の弟弟子と組んで、蓬吉を邪険にするようになった。蓬吉の仕事の粗いところを何度もあげつらい、他の弟子たちと笑った。

そのことで、蓬吉はよけいに酒に溺《おぼ》れるようになり、彫りも雑になり、贔屓《ひいき》にしてくれていた絵師からも見放された。

ある日、利市は他の弟子たちの前で、蓬吉を笑った。

「そんな適当な仕事しかできねえなら、兄さん、もう大川にでも身を投げた方がいいんじゃねえですかい？」

その日の夜、蓬吉は橋から身を投げた。

興四郎は真阿の顔を見ずに話し続けた。

「飛び抜けて腕がよかったわけじゃない。だが、彫師としてしか生きられない男だった」

　さすがに利市も、高田屋に居づらくなり、東京を離れた。それが、興四郎の知り合いから伝えられた顚末《てんまつ》だった。

「でも、どうして利市は興四郎を訪ねてきたの？」

　興四郎の絵が好きで、再起のために彫りたいと思っただけなのだろうか。

　そして、もうひとつ、なぜ、蓬吉は興四郎に「利市に版下絵を描いてやってほしい」と言ったのだろうか。

　利市が住むという長屋は、ひどく荒れていた。興四郎は井戸端にいる女に声をかけて、利市の住まいを教えてもらった。

「利市、いるか？」

　引き戸を開けると、ぎょっとした顔で利市がこちらを向いた。

　顔の下半分を髭《ひげ》が覆い、まるで草双紙で読んだ山賊かなにかのようだ。風呂にもしばらく行っていないのか饐《す》えたような臭いがした。

「墨摺りが摺れたのか、見にきた」

　利市は文机の上にある版木を裏返した。その瞬間、真阿はたしかに見た。

　版木の上には、興四郎の版下絵がそのまま貼り付けてあった。つまり、利市は一彫りだってしていない。

利市は引き攣《つ》ったように笑った。

「ほ、他の仕事が忙しかったんだ……これから彫る……」

興四郎は眉間に皺を寄せた。

利市は嘘をついている。真阿にだってわかる。床には煮売り屋の竹の皮が落ちていて、埃《ほこり》も溜《た》まっているのに、木くずはたったひとつも落ちていない。

だが、興四郎はそれ以上問い詰めようとはしなかった。

「そうか。出来たら知らせてくれ」

そう言って引き戸を閉める。

「お真阿殿、帰ろう」

見上げた興四郎は、どこか怒っているように見えた。なにかを言わなければならないと思ったが、なにも言えなかった。

真阿の視線に気づいたのだろう。興四郎は少しだけ優しく笑った。

利市は証を立てなければならねえんだ。

帰り道、興四郎はそう言った。

「自分が、蓬吉よりも腕があって、蓬吉よりも良い仕事ができると。そうしないと、蓬吉を死なせたことに押し潰《つぶ》されちまう」

真阿は少し腹を立てながら言った。

「蓬吉より仕事ができたって、死なせたことには変わりない」

「そうだな。お真阿殿の言う通りだ。でも、利市はそう思っている」

だから、興四郎の絵を彫りたがったのだろう。

だが、それを証明するために版木を彫るのは、恐ろしい作業ではないのだろうか。

彫師という仕事はやり直すことができない。やり始めて少しでも失敗してしまえば、もう取り返しがつかない。

だから、彼は最初の一刀を入れることができずにいるのだ。痩《や》せこけて、風呂にも入らず、少しずつ弱っていく。

まるで地獄だ。そう考えて、真阿は戦慄《せんりつ》する。

だから、蓬吉は、興四郎の前に現れて言ったのかもしれない。

利市に版下絵を描いてやってほしい、と。


その数日後、長堀川近くの長屋が火事になったと、お関から聞いた。

興四郎に言うと、彼は青い顔で出かけていった。戻ってきて、真阿に言った。

「利市の長屋だった」

やはり、と思った。地獄から抜け出す方法は、たったひとつ。版下絵も版木も燃やしてしまうことだ。もちろん、そうしてしまうと、自分が蓬吉よりも腕がいい彫師だという証明もできなくなる。だが、にっちもさっちもいかない状況から、少しだけでも逃げられる。

「利市は……？」

悪い予感を覚えながら、真阿は尋ねた。

「生きている」

ほっとできたのも一瞬だけだった。興四郎は続けた。

「右腕にひどい火傷《やけど》を負った。生きてはいるが、もう彫師には戻れないだろう」

それは解放されたのか、それとも永遠に続く地獄に囚《とら》われたのか。

真阿は彫師でないから、わからない。

悲しまない男

ときどき、母に縫い物を習う。

真阿はあまり縫い物が得意ではない。なんど教えられても、指を針で刺してしまうし、針に糸を通すのもうまくできない。玉結びも歪《いびつ》な形になってしまうし、運針のあとは酔っ払いの足跡みたいにガタガタだ。

頭で考えた通りに、手は少しも動かない。興四郎に教わっている絵なら、そんなことにはならない。

もちろん興四郎のようにはうまく描けないが、まだ下手なりに描いたものを好きでいられる。

自分で縫った雑巾《ぞうきん》や浴衣《ゆかた》を見ると、あまりにも雑でためいきが出る。

それでも、止めたいとは思わない。なぜか、針を動かしていると、気持ちが澄んでくる。心の中でぐちゃぐちゃに散らかっている思いが、戸棚の中に整理されていくような気がする。

できあがったものが下手でも、そうやって無心に針を動かしている時間は嫌いではない。今は鬼灯《ほおずき》の柄の浴衣を縫っている。夏の終わりに着たいと思うから、なるべく丁寧にやるようにする。

そうやって、希与と一緒に針を動かしているとき、お関がやってきた。

「おかみさん、少しご相談があるんですが……」

「言ってごらん」

自分は出て行った方がいいのだろうかと真阿は思ったが、お関はそのまま話し始めた。

「妹の旦那《だんな》のことなんですが、しばらくこの近くに仕事をしにくるようで……その間、しの田で、息子を預かってもらえないだろうか、と言われたのですが……」

「ああ、妹さんは大変やったね」

お関の妹は、二ヶ月前に亡くなった。まだ若かったが、長患いをしていて、医者からもう長くないと言われていたらしい。

それでもお関はずいぶん塞《ふさ》ぎ込んでいた。自分より若い肉親を亡くす気持ちは、真阿にはまだわからないが、悲しいだろうことは想像がつく。

「甥《おい》っ子さんは今いくつやったっけね」

「虎丸《とらまる》という名で六つになります。大人しい子やから、ご迷惑をおかけすることはないと思うのですが……」

「六つになっているなら、ひとりでできることも増えているやろうし、わたしはかまへんよ。女中たちが交替で、様子を見てやるといい」

「ありがとうございます」

お関はほっとしたように頭を下げた。

「わたしが遊んであげてもいいよ」

真阿がそう言うと、お関は大げさに両手を振った。

「まあまあ、お嬢様にそんなことは頼めません」

子供と遊ぶのは好きだ。自分が小さかった頃のことを、取り戻せたような気持ちになるから。

「義弟《おとうと》さんは、真面目に働く大工だと言っていたね。連れ合いを亡くしたのに、酒に溺《おぼ》れたりもせず、働くのは、よい心がけだね」

希与がそう言うと、お関はなぜか目を伏せた。

「ええ……、虎丸の面倒もよく見るし、よい父親なのですが……わたしは少し怖いような気がして……」

「怖い？」

「いえいえ、別に声を荒らげたり、手を上げたりはしません。いたって、温厚で物静かな人で、酒も博打《ばくち》も手を出しません。でも……」

お関は声を曇らせた。

「でも、妹の死を悲しんでいるようには見えへんのです。普通に飯を食って、普通に仕事に行き、普通に子供と一緒に笑っている。まるで妹なんてはじめからいなかったかのように」

「まだ実感が湧かへんのやろう。妹さんが生きていたときも、情のない夫やったんか?」

「いえ……優しい……妹の看病もよくする人でした。だから、怖いと感じるのは、これがはじめてです」

だが、それなら、まだ喪失感に心が動かないのかもしれない。怖いと感じるのは、他に理由があるのだろうか。

お関はぎこちない笑いを浮かべた。

「そうですね。わたしが、太吉《たきち》さんがわたしの思うように悲しんでくれへんことに、なんか納得できてへんだけかもしれませんね。太吉さんは太吉さんで、虎丸とずっと一緒やから、わざと明るく振る舞っているのかもしれません。怖いなんて言うたらあきませんね」

真阿にはお関が無理に自分を納得させているように見えた。

心ここにあらず、と、言うけれど、ここになくなった心はどこに行くのだろう。

ぼんやりと外を眺める興四郎を見ながら、真阿はそんなことを考える。

このところ、興四郎はずっと考え事ばかりしている。真阿に絵は教えてくれるが、自分はまったく描いていないようだ。

前は、仕事として描かなくても、ときどき、枝に止まったカラスや、庭に咲いた花などを、さらさらと描いていた。

興四郎はそのまま、反古《ほご》にしてしまうので、真阿が何枚かもらった。

さらさらと勢いにまかせて描いたように見えるのに、カラスは今にも羽ばたきそうで、立葵《たちあおい》の花は花びらが風にそよぎそうだ。

心はいったい、どこに行くのだろう。

鳥のように羽を手に入れて、どこまでも羽ばたいていくのか。それとも、昔の自分のところに戻るのか。

今、興四郎の心はどこにいるのだろう。

真阿の倍以上長く生きていて、たぶん、いろんな経験をしている。なぜ、東京を離れて、錦絵《にしきえ》をやめたのか。今はたまにしか絵を描いて売らないのか。弟子を取ったり、精力的に仕事をすれば、有名になり、お金を稼ぐこともできそうなのに、それをしないのか。

それでも、そんなことをしない興四郎だから、真阿は好きなのかもしれないと思う。真阿も、外の流れから取り残されてしまっている。表向きは、大きな料理屋の一人娘で、真綿にくるまれて生きているように見られるけれど、最近、真阿は自分が過去に置いてきたもののことばかり考える。

もういない本当の両親や、兄、昔住んでいた家。東京のその土地に戻ったところで、もうそこには家もなく、誰もいない。どうやっても取り戻せない。

わかっているのに、他の人たちと同じような速さでは生きられないと思う。生姜糖《しょうが》のように甘くて辛い記憶を、少しずつ噛《か》みしめながら進むしかない。

だから、同じように、先に進もうとせず、たゆたっているような興四郎と一緒にいると、少し安心する。

それでも、ときどき思うのだ。興四郎はそれでいいのだろうか、と。

ふいに、軽い足音が階段を上がってきた。

開いたままの襖《ふすま》から、ひょっこりと子供が顔を出す。五歳くらいだろうか。坊主頭で、目がくりくりと大きい。

ぱたぱたと部屋の中に入ってきて、興四郎の背中に隠れた。

「お、なんだなんだ」

興四郎は目を丸くして驚いている。

客の子供が、こんなところまで迷い込んだのか。それとも、この子が虎丸なのか。

「虎丸？」

そう呼んでみると、男の子は興四郎の背中から顔を出して、にこっと笑った。真阿も自然に笑ってしまうほど可愛らしい。

「お真阿殿の親戚《しんせき》の子供かい？」

そう尋ねられたので首を横に振る。

「お関の甥っ子だよ。病で亡くなった妹さんの」

「ああ……」

その話は興四郎も知っている。興四郎は虎丸の顔をのぞき込んだ。

「お関殿には似ていないな」

お関は色が黒く、団子鼻だが、虎丸は色が白く、鼻筋が通っている。妹とお関が似ていないのか、それとも父親の方に似たのか。

さきほどよりずっと重い足音が聞こえた。

「虎丸。どこいったんや？」

お関の声だった。

「ここにいるよ」

真阿がそう答える。

「まあああまあ」

お関が部屋までやってきた。虎丸は笑いながら、興四郎の後ろにまた隠れた。

「お嬢様のお邪魔をしたらあきませんよ。おばさんと一緒に下に行きましょう」

手が空いている人がいなくて、退屈して二階にやってきたのではないだろうか。

「わたしが遊んであげるのに」

「お嬢様にそんなことを頼んだら、罰が当たります」

子供の面倒を見たからといって、罰を当てるような神様はいないだろう。

興四郎は立ち上がって、虎丸をひょいと抱え上げた。急に視界が高くなったせいで、虎丸はきゃっきゃと笑う。

「俺が遊んでやるよ。それならいいだろう。どうせ、今日はなにもやることがない」

「あら、まあまあ。それじゃ、お願いしようかしらねえ」

居候だから気安いのだろう。

「なにか手に負えないようなことがあったら、知らせてくださいね」

虎丸は、すでに興四郎に抱きついている。大きいから頼りがいがあるように感じるのかもしれない。

お関はそれを見て、安心したように階段を下りていった。

虎丸は興四郎を見上げて尋ねる。

「おっちゃん、なにして遊ぶ？」

「なんでもいいぞ。馬になってやろうか。はいし、どうどう、はいどうどう」

興四郎は四つん這《ば》いになったが、虎丸は口を尖《とが》らせた。

「そんなんで遊ぶほど、小さくないやい！」

「おお、それはお見それしました。じゃあ、なにして遊ぶか？」

虎丸は真阿のところに駆け寄ってきた。真阿が描いていた露草の絵を見つめる。

「お姉ちゃん、絵を描くの」

「そのおじさんも絵を描くよ」

虎丸は興四郎をまじまじと見つめた。

「虎丸も絵を描いてみるか？　紙ならあるぞ」

「うん！」

興四郎は文机《ふづくえ》の上に紙を広げて、虎丸に筆を持たせた。

虎丸は墨を水で薄めて紙を塗りつぶしはじめた。

「なにを描いている」

虎丸は顔を上げて笑った。

「お母ちゃんのいるとこ」

厠《かわや》に行くために一階に下りると、仲居たちが集まって噂話をしていた。

「でも、なんかみすぼらしい格好してたやん。髪かてざんばらやったし……」

「そら、おかみさんを亡くしはったばっかりやから……」

「えらい若いように見えたわ。二十二、三？　お関さんの妹さんっていくつやったん？」

「三十になったばかりで亡くなったたって聞いたから……。それにしたって姉さん女房やね」

「でも、身なりにかまってなくても、なんや可愛らしかったわ。あれは、すぐに新しい女房がくるんちゃう？」

どうやら、虎丸の父親の話らしい。二十二、三ということは、若くして父親になったのだろう。お夏《なつ》という若い仲居が頷《うなず》く。

「子供もまだ小さいやろうしね。その方がええやろね」

「なんや、お夏ちゃん、ちらちらあの人の顔ばかり見てたやん。後添えの座を狙ってるんちゃうの？」

「そんなんちゃうって」

きゃあきゃあと声が上がる。

真面目な大工だとお関が言っていたから、もう少し年上だと思っていたが、ずいぶん若い男らしい。みすぼらしい格好をしていても可愛らしいというのが、あまり想像できない。虎丸は父親に似ているのだろうか。

男の子の顔と、大人の男の顔はずいぶん違う。子供の顔から、大人の男を想像するのは難しい。

虎丸の父親を見てみたいと思った。身なりにかまわなくても、可愛らしく見えて、女に好かれそうな男とはどんな感じだろう。

階段を上がって、二階に戻ると、興四郎と虎丸が喋《しゃべ》っているのが聞こえた。

「そうか。虎丸はお父ちゃんが好きか」

「うん！　お父ちゃんは家も作れるんやで。そのうちえらい大工になるんやって、棟《とう》梁《りょう》が言ってた」

仕事先での信頼も厚いのかもしれない。

「いいお父ちゃんでよかったな」

「こないだ、独楽《こま》も作ってくれた。明日くるとき興四郎にも見せたるわ」

興四郎が笑うのが聞こえた。そのあと、急に大人に話しかけるような真剣な声になる。

「あんたも苦労だな……こんな可愛い子を置いて……」

誰かがいるのだろうか。そう思って部屋をのぞいたが、興四郎と虎丸がふたりで絵を描いているだけだった。

夕方、虎丸の父親が迎えにやってきた。たしか太吉という名前だと、お関は言っていた。

「お父ちゃん、待ってたで！」

太吉に抱きつく虎丸が可愛らしい。太吉は小柄な男だった。たしかに髪を結うこともなく、短く切りそろえることもなく、伸ばしたままにしている。着物も色あせた古着だし、身なりに気を配っているとは思えない。

だが、虎丸そっくりの子供のような顔をしていた。

笑うと、こちらまで自然に微笑んでしまいたくなるような顔だ。なるほど、人に好かれて、人が手を貸したくなるのもわかる。

だが、お関は太吉のことが少し怖いと言っていた。

虎丸を連れてきたお関に向かって、太吉は深々と頭を下げた。お関は折詰のようなものを太吉に渡した。

「これ、残り物を詰めておいたよ。虎丸はもう食べたから、あんたがお上がり」

「なにからなにまでお世話になって、なんてお礼を言っていいか」

おや、と、思った。太吉には大阪の訛《なま》りがない。真阿自身がまだ大阪弁をうまく使えないからよくわかる。

「わたしだって虎丸が可愛いから、別にええよ。おかみさんだって、よくしてくれるし、お嬢様だって虎丸を可愛がってくれたし」

急に自分の話が出てきてくすぐったい。だが、虎丸と遊んでいたのは興四郎だ。

「このあいだ、お願いしたことも、おかみさんに聞いてみてくださいませんか」

「そりゃあ、聞けと言われれば聞いてみますけど、あんたはそれでええの？」

「ええ、その方が虎丸のためにもいいんじゃないかと……」

「そうかねえ……」

虎丸が太吉の着物の裾《すそ》を引っ張る。

「お父ちゃん、もう帰ろうや」

「おお、帰るか」

親子は、仲むつまじく、手をつないで帰っていった。その姿を見て、なぜかひどく胸が痛くなった。

その夜、真阿は夜更けに希与の部屋に向かった。この時間なら、母はまだ寝ていない。人恋しくて、希与に甘えたくてたまらなくなったのだ。

だが、希与の部屋の前まできて気づいた。中からお関の声がする。

「なんや気が進まへんねえ……」

「ええ、わたしもそれがええとは思えへんのですけど……虎丸は父親に懐いていますし」

「それでも、父親がひとりで子供を育てるのは大変だというのはわかるよ。養子の口を探すなら、小さいうちがいいだろうし」

はっとした。太吉の頼みというのは、虎丸を養子に出す話なのだろうか。

「心当たりがないわけではないんだよ。お客さんで、男の子を欲しがっている人がいる。堅い家だから、虎丸の将来を考えるといいかもしれない。ただ、そこに話してしまうと、もう後戻りはできないよ」

「おっしゃる通りやと思います……太吉さんが急にたったひとりになってしまうのも心配で……」

たしかに妻を亡くしてすぐ、息子もいなくなる。どれほど寂しいだろう。

「太吉さんには身寄りはあらへんの？」

「ええ、関東の方から大阪にやってきて、頼ろうとしていた人も行方がわからなくて、行き倒れ寸前になっていたところを妹に拾われたそうです。最初はわたしも、そんな年下の、素性のわからん男と暮らし始めて……と心配になったんですが、真面目に大工の仕事を覚えて、棟梁から可愛がられるようになって、子供もできて……と良い風が吹いていたのに……」

真阿はぎゅっと手を握りしめた。寄る辺ない小さな子供のような太吉の顔が頭に浮かんだ。太吉と自分はそう遠くない場所にいるように思えた。

「ともかく、太吉さんと一度、話をした方がええかもしれへんね」

「よろしゅうお願いします」

話が終わりそうだったので、真阿はきびすを返して、自分の部屋に戻ることにした。戻ったところで眠れそうにないのだけど。

翌日、虎丸はこなかった。

真阿が、二階へ行くと興四郎は珍しくひとりで絵を描いていた。筆が自由自在に動いている。しばらく、興四郎の後ろに立って、絵を見た。

幽霊絵だ。痩《や》せた、半分髪が抜けた女が、悲しい顔をしてこちらを見ている。

怖いと言われれば怖い。だが、その表情には心残りがあった。大事なものを残して、
行かねばならない人の顔だ。

ひと息に描き上げると、興四郎は筆を置いた。

「よし」

満足そうな顔をしているから、描き上げたのだろう。

「売るの？」

そう尋ねると、はじめて真阿がいることに気づいたようだった。

「これは売らない。まあ、手元が不如意になったら、売るかもしれねえな」

興四郎の幽霊絵は高く売れると聞いた。

「虎丸の父親は、虎丸を養子に出すんだって……」

そう言うと、興四郎は筆を洗いながら、「ほう」と言った。

「虎丸はおとっつぁんのことをあんなに慕っているのに……」

「人懐っこい子だ。義理の両親にもすぐ懐くだろう」

興四郎の返事が、真阿には気にくわない。同じように腹を立ててくれると思っていた。

「養子先がいい人たちなら、虎丸は大丈夫だろう。ひとりで子供を育てるのは大変だ。しの田に預けっぱなしというわけにはいかない」

それはわかっているけれど、だが心が納得しないのだ。

興四郎はあぐらをかいて、煙草盆を引き寄せた。

「誰しも、生まれた場所でなにも悪いことがなく、充分に与えられて幸せでいられるなら、いい世の中なんだが、あいにく、この世はそんなふうにできちゃいねえ」

煙管《キセル》を通すために、強く息を吹く。

「だから、みんな、少しでも良くしようとして、足掻《あが》くのさ」

「それが虎丸を養子に出すということ？」

「虎丸の父親にとってはそうなんだろう。虎丸にとってはどうかわからねえけどな。まあ、お関殿もいるし、そう悪いことにはならんだろう」

希与も、養子先に心当たりはあるが、慎重に考えているようだった。

だが、どうしても、真阿には受け入れられない。

母と死に別れたばかりなのに、父親とも別れなくてはならないなんて、虎丸が可哀想だ。

拗《す》ねたいような気持ちになって、真阿は興四郎の部屋を出た。

階段を下りながら、ふと、考えた。

なぜ、興四郎はひさしぶりに幽霊絵を描く気になったのだろう。

数日後、使用人たちの会話から、その日、希与と太吉が話をすることを知った。二階に座布団が運び込まれているのを見ると、そこで会うようだ。昔は、しの田の客間として使われていたが、客が減った今では、興四郎と使用人たちが暮らしているだけで、使われていない部屋もある。

朝から使用人が掃除しているのは、興四郎の隣の部屋だから、そこを使うのだろう。太吉は昼過ぎにやってきた。虎丸をお関に預けて、二階に上がる。真阿も少し時間を空けて二階に向かい、興四郎の部屋に入った。

「お真阿殿、どうした？」

話しかけてくる興四郎に向かって、指を口に当てて声を出さないように頼む。興四郎はすぐに呑《の》み込んだらしく、黙って窓の外を眺めた。

真阿は壁に耳を当てた。希与の声がした。

「先方さんは、海苔《のり》問屋の番頭さんでね。そのうち、のれん分けで、店を持たせてもらう話になっているそうなんよ。おかみさんに子供ができないから、男の子を養子にしたいとおっしゃっていてね」

「そいつは願ってもない話で……」
そう語るのは太吉なのだろう。
「ぜひ、進めていただけるとありがたく存じます」
「こちらもお客さんを紹介するのだから、そのあと、やはりあの話はなしに、という
ことにはいかないよ」
「もちろんでございます。そんなことは申しません」
希与がふうっとためいきをついた。
「それでも、太吉さん。あんた、その若さで棟梁に見込まれている大工だと聞くやな
いの。腕があるのだから、虎丸を育てることもできるんやないの？　養子に出したか
らといって、縁が全部切れてしまうわけではないけれど、やはり簡単には会えなくな
るよ。寂しくないのかい？」
太吉はしばらく黙った。そして口を開く。
「おかみさんだから、話しますが、わたしは、寂しい、というのがよくわからないの
です」
希与の返事はない。太吉の言うことを受け止めかねているのかもしれない。
「女房が死んだときもそうでした。病に苦しむ女房は可哀想だと思ったし、看病する
ことはさほど苦にならなかった。自慢するようで、口幅ったいが、太吉はよくやって

いると長屋の者たちも言ってくれました。でも、正直、女房――お光《みつ》が死んで悲しいかどうかは、いまだによくわからない。もう苦しまなくていいのは、むしろお光にとってはよかったようにも思えてしまうんです」

「看病の時期が長かったと聞くからね……」

「わたしはこういう男です。情が薄い。もしかしたら、情というものを持ち合わせてないのかもしれない。自分がなにをしなければならないかはわかる。だから、仕事にも行くし、虎丸の面倒もみる。でも、もし、わたしに育てられた虎丸も、わたしのような薄情な男になってしまったら……」

ふたりはしばらく黙っていた。お茶を飲む音が、かすかに聞こえた。

やがて希与が言った。

「わたしは、それでも虎丸は太吉さんが育てた方がええと思うわ。情はあっても、働かへん男もいるし、酒を飲む男も、博打をする男もいる。誰しも欠点はある。薄情かもしれへんけど、おかみさんの看病もして、虎丸の面倒もみてたんやったら充分やないの」

「ありがとうございます。そう言っていただけると、少しは気が楽になりますが、やはり、養子の話を進めていただけませんか。女房がいたならまだしも、ひとりでは虎丸を育てる自信がないんです」

「もう少し、考えてみたらどうやろうか。しばらく家《うち》で預かったってええんやから」

「いえ、考えているうちに、他から養子を取ってしまうかもしれない」

希与はふうっと息を吐いた。

「決心が固いなら仕方ないね。海苔問屋の番頭さんに話をしてみるよ」


真阿は壁から耳を離した。緊張して力が入ってしまっていたのか、肩が痛い。肩を回しながら、振り返ると、興四郎は部屋にいなかった。

気づかぬうちに、廁にでも行ったのだろうか。

聞いた限りでは、やはり虎丸は養子に出されるらしい。もちろん、養子先が気に入るかどうかは別だが、虎丸は可愛らしく素直な子供だから、気に入られるだろう。

なぜ、誰も虎丸に話を聞かないのだろう。虎丸ならば、きっとお父ちゃんといたいと言うのではないだろうか。

それとも、そう言うから、あえて話を聞かないのかもしれない。

隣の部屋の襖が開いて、太吉と希与がなにか話しながら出て行った。

少し置いて、興四郎が帰ってくる。なぜか、何度も後ろを振り返っている。

「どうしたの？」

「さっき、おかみさんと一緒にいたのが、虎丸の親父なのか？」

「うん、そうだと思う」

興四郎はもう一度、廊下に出て、階段の方を見た。

「似てる……大阪の者か？」

興四郎は太吉を知っているのだろうか。

「関東にいたと、お関が言っていた。大阪の訛りもない。名前は太吉」

「俺が知っている名前は違うが、名前なら変えられる」

「どこで会ったの？」

「七、八年前だったかな。鎌倉《かまくら》の近くにあった、七蓮寺《しちれん》という寺の稚児……寺小姓だった」

興四郎が言いかけて呑み込んだことばを、真阿は知っている。

仏教では女と関係を持つことが禁じられている。だから、年若い少年をその代わりにするのだと。
七、八年前の太吉なら、まだほんの子供だろう。真阿よりも年下かもしれない。思わずつぶやいた。
「ひどい……」

興四郎ははっとしたような顔になった。真阿がことばの意味を知っていたことに驚いたのかもしれない。だが、芝居を見たり、本を読んだりすれば、それがどういうことかはわかる。

「そうだな。ひどい話だ。桔梗丸《ききようまる》は——その頃の名前だが、寺を逃げ出したがっていたと聞いた。親に口減らしに売られて、両親の顔も覚えていないと」

胸が痛くなる。太吉は自分を薄情な男だと言っていたが、過去がそんななら薄情になっても不思議はない。

だが、薄情だと言っても、太吉は女房の看病をし、虎丸の面倒も見ている。虎丸に独楽を作ってやり、仕事も真面目にしている。虎丸は素直に育っている。

「じゃあ、よけいに太吉さんは、虎丸と一緒にいた方がいいよ。おかみさんも亡くして、虎丸までいなくなったら、またたったひとりになってしまう」

思わず、声を荒らげてそう言うと、興四郎は寂しげに笑った。

「たとえそうでも、それは太吉が決めることだな」

しばらく、虎丸はしの田にこなかった。お関に聞くと、こんな答えが返ってきた。

「この近くのお屋敷の離れを増築しているんですが、そのお屋敷の老夫婦が虎丸を気に入って、連れてきてもいいと言われたから、そこでお世話になっているそうなんです。ずっとというわけではないから、そのうちにまた、こちらにもお世話になると思いますよ」

うちでも可愛がってあげるのに、と思うが、父親の近くにいられる方が虎丸にはいいのかもしれない。

「虎丸はいい子だね」

「ええ、本当に。お光が亡くなったときには、しばらく塞いでおりましたが、最近ではまたよく笑うようになって、ほっとしました」

真阿は虎丸が描いた絵を思い出した。薄墨で紙を塗りつぶして、「お母ちゃんのいるとこ」だと言った。まるで、母親と心がまだ繋がっているかのように。それとも、他の誰かが言ったのだろうか。

母ちゃんは暗いところにいる、と。

その日の午後、真阿は店先に出て、手代の松吉から帳簿の付け方を教わっていた。お使いに出ていたお夏が、息を切らして帰ってきた。

「お関さん！　お関さん！」

尋常ではない様子で、お関を呼ぶ。お関は布巾で手を拭《ぬぐ》いながら、奥から出てきた。

「お夏ちゃん、どうかしたん？」

「太吉さんが働いている屋敷が火事に……！」

「ええっ」

お関は裸足《はだし》で、店の外に飛び出した。真阿も急いで外に出る。

西の方に黒い煙が上がっている。七町か、八町くらいしか離れていない。火事が燃え広がれば、ここまでくるかもしれない。

気がつけば、興四郎が真阿の近くに立っていた。着物の裾をからげて走りだす。

真阿も自然に後を追っていた。太吉が働いている屋敷ということは、虎丸も今はそこにいるはずだ。

野次馬なのか、それとも家がその方面なのか、同じように火事の方に向かっている人たちがいる。乾いた空気の中、砂埃《すなぼこり》が立ち上る。

どうか無事でいてほしい。連れて行かないでほしい。虎丸も、そして太吉も。

煙が目印になるから、道に迷うことはない。少し先を走っていた興四郎の姿はそのうち見えなくなった。

あんなに大きな身体をしているのにずいぶん足が速い。

息を切らしながら走り続けて、ようやく黒い煙が上がっている屋敷のそばまできた。

屋敷の前には火事から逃げてきた人たちが、へたり込んでいた。水を飲ませている人や、介抱している人もいるが、野次馬たちは遠巻きにしたままだ。

真阿は、あたりを見回した。太吉も虎丸もここにはいない。逃げ遅れたのだろうか。

ふいに、興四郎の声がした。

「飛び降りろ！　足を折ったって火にまかれるよりまだましだ！」

真阿は人混みをかき分けて、煙に包まれた屋敷に近づいた。顔がちりちりと炙《あぶ》られたように熱い。

興四郎が燃える屋敷の前に立っていた。二階の窓にいるのは、太吉だ。虎丸のことを抱いている。

「無理だ。子供がいる！」

太吉がそう言うと、興四郎が叫んだ。

「子供を投げろ。受け止めてやる」

太吉はあきらかに躊躇《ちゅうちょ》していた。虎丸は泣きながら、太吉にしがみついている。

群衆の間から、悲鳴のような声が上がった。燃えさかる屋敷の一部が崩れ落ちたのだ。

太吉のいる部屋が火に包まれるのも、時間の問題だ。

興四郎がまた叫ぶ。

「腹をくくれ！　もう時間がない」

太吉は一瞬目を閉じた。目を開けて興四郎に言った。

「いくぞ！　頼む！」

虎丸の身体が宙に投げ捨てられる。女たちが恐怖の声を上げた。

時間が止まったような気がした。虎丸はひどくゆっくり落ちていった。興四郎は滑り込むように、虎丸の下に身体を投げ出した。

仰向けになって、身体ごと興四郎は虎丸を受け止めた。虎丸は一瞬、息が止まったような顔をしたが、大声で泣き始めた。

真阿は、興四郎に駆け寄った。泣きじゃくる虎丸を抱き上げる。興四郎は低く呻《うめ》いていたが、ようやく身体を起こした。全身で受け止めた衝撃で、声が出ないようだ。

真阿は虎丸を抱いたまま、二階に向かって叫んだ。

「飛び降りて！　早く！」

太吉が、小さく頷くのが見えた。窓から身体を投げ出す。

そのときだった。女がひとり宙に浮かび上がって、太吉を抱き留めた。その姿を見て、真阿は息を呑む。

興四郎が描いた絵の女だ。髪が半分抜けていて、痩せている。

絵と違うのは、ひどく優しい顔をしていることだ。

女に受け止められるように、太吉はまっすぐ着地した。

群衆の間から歓声が上がる。

太吉は地べたに頽《くずお》れた。そして、そのまま泣きじゃくりはじめた。

太吉は、希与に頭を下げた。

「本当に申し訳ありません。あんなにお願いしておきながら……」

希与は笑って、首を振った。

「ええよ。あんたが虎丸を育てる気になったなら、それがいちばんええ。虎丸もお父ちゃんと一緒の方がええやろ」

太吉は、虎丸を養子に出すのをやめることにした。お関や、長屋の人たちの力を借りながら、ひとりで虎丸を育てるという。

太吉は、菓子折を持って興四郎の見舞いに来た。興四郎は、あのとき、腰をひどく打って、一週間ほど寝込んだ。

布団にうつぶせになったままで、興四郎が尋ねた。

「なんで、いきなり気が変わったんだ」

太吉ははにかんだように笑った。

「虎丸が、燃える屋敷に取り残されたと聞いたとき、勝手に身体が動いて、屋敷に飛び込んでいた。自分を薄情者だと考えていたが、そのくらいのことはできたんだなと気づいたら、育てられるかもしれないと思ったんだ」

笑った太吉は、誰もが手を貸してしまいたくなるほど可愛らしい。もしかしたら、すぐに虎丸には新しい母親ができるかもしれない。お夏がよく煮染《にし》めや強飯《おこわ》を届けていると、お関が言っていた。

「それに、命が助かったとき、急にお光が死んだことが悲しくなった。もう、お光がいないことが寂しくて仕方なくなった。もしかしたら、はじめて俺は自分が生きてることに気づいたのかもしれない」

真阿には、その太吉の気持ちが少しわかるような気がするのだ。

もうひとつ、太吉はあのとき、興四郎に向かって虎丸を投げた。何度か会っただけの、大して縁の無い男に、虎丸の命を託した。

真阿がそうだったからわかる。

家族でもなく、好き合った仲でもない、赤の他人を信じることができたら、急に世の中が優しく感じられるのだ。

若衆刃傷

興四郎が旅に出かけた。

机も出したままで、筆や絵の具も置きっ放しで、ふいになにか思い立ったように旅立ってしまった。数日で戻ると言っていたから、それほど遠くに行ったわけではないのだろうが、真阿はそのせいで、機嫌が悪い。

縫い物にも、松吉から教わっているそろばんにもあまり身が入らない。興四郎は今、どこにいるのだろう。どんな道を歩いていて、どんな人に出会っているのだろう。そんなことばかり考えてしまう。

真阿だって、旅に出たいと思ったときに、ふらりと出かけてみたい。笠をかぶり、脚絆《きゃはん》と手甲をつけて、小さなふろしき包みを背負うだけで出かけられたら、どんなにいいだろう。

自分が恵まれていることはわかっている。仲居の秋は、お芝居も浄瑠璃《じょうるり》も観たことがないと言っていた。お給金は、田舎の親に仕送りをしているのだと聞いた。

しの田の使用人は、長く働いている者が多い。興四郎がそれに気づいて、こう言っていた。

「使用人を大事にする店は、いい店だ」

だが、それでも秋は出かけるときいつも同じ着物を着ている。あるとき、そのことに気づいて、ひどく居心地が悪くなった。

だから、新しい着物が欲しいとか、新作の浄瑠璃を観に行きたいとか、そんなわがままはなるべく言わないようにしているけれど、それとこれとは話が別だ。

興四郎はふらりと旅に出られる。真阿は出られない。そのことが腹立たしい。

脱いだ形のまま、畳まずに放り出してある、派手な綿入れが興四郎そのもののように思えて、こっそり蹴飛《けと》ばしてみたこともある。

三日経っても、興四郎は帰らない。

今日こそは帰ってきているのだろうかと、部屋をのぞきに行くと、床の間に見慣れぬ絵が掛かっていた。

卵色の振袖《ふりそで》と、紺の袴《はかま》。雨でも降っているのか、上の方を見上げている。一見、女の絵のようになよやかだが、少年の絵だ。前髪の若衆は、浄瑠璃やお芝居などによく出てくる。

もう道で、振袖を着た少年などを見かけることはない。昔は元服前の少年がこういう格好をすることがあったという話を聞くだけだ。

興四郎の筆だということはわかる。隅の方に、火狂という印もある。怖くはない。たぶん、興四郎がよく言う「手元が不如意」なときに描いて、売った絵なのだろう。

色彩が鮮やかで、美しい。いつもなら、興四郎のこういう絵はあまり好きではないのに、なぜか、この絵は真阿の気に入った。先日、八重垣姫《やえがき》の浄瑠璃を観たせいかもしれない。

八重垣姫は、死んだとされる許嫁《いいなずけ》の絵姿に、経を上げていた。まるで絵姿そのものを恋い慕っているように、うっとりと絵を眺めていた。この絵はそれを思い出す。

真阿がこの絵に恋をしたのではない。恋をした誰かのために、描かれた絵なのではないかと思ったのだ。

もし、この絵の若衆に恋をした人がいるのなら、その人の話を聞きたい。どんな場所で出会ったのか。若衆はどんなふうに振る舞ったのか。そしてその人はどんなふうに胸をかき乱されたのか。

真阿は、階段を下りて、お関に絵のことについて、聞きにいった。

「なんでも、五十ほどの男の方が、興四郎さんを訪ねてきて、留守だと聞いたらあの絵を置いて帰ったそうですよ。『この絵について、聞きたいことがある』という話だったそうです」

真阿の父と同じくらいの年齢の男性だ。少しがっかりした。

八重垣姫のような娘ではないかと思ったが、現実は浄瑠璃のようにはいかない。

だが、その日から、真阿の機嫌は直った。

絵の若衆と、美しい姫君との物語を空想するようになったのだ。

空想するといっても、浄瑠璃や絵草紙で知っているような話しか思い描けない。

まあ、それでも別にかまわない。誰かに話して聞かせるわけでもないし、本にして売るわけでもない。浄瑠璃や歌舞伎になるわけでもない。

姫君と若衆がなんの苦労もなく、すぐに結ばれてしまってはつまらないから、できれば家は敵同士であったり、身分違いだったりする方がおもしろい。

きっとふたりは月を見に出かけた先で、船ですれ違って、恋に落ちるのだ。

お互いの名前も、家もわからない。

なんとか家紋だけを覚えて、それを頼りに家を探し出したら、とても結ばれぬ間柄であってほしい。

ふたりは、手に手を取り合って、駆け落ちするだろうか。それとも、若衆が「お互いの境遇を呑《の》み込んで、諦《あきら》めるように」と姫君を説得するのだろうか。

空想のいいところは、そのどちらの展開も、じっくり吟味できることだ。

きっと、諦めるようにと諭された姫君は、そのくらいなら命を絶つと言い、若衆の手を引いて、旅に出るのだろう。

追っ手を振り切りながら、ふたりは逃げる。姫君に横恋慕した悪役が邪魔をしてもいい。

そんなことを考えていると、時間はいくらでも過ぎていった。


七日経っても、興四郎は帰ってこない。

まったくやきもきしないわけではないが、興四郎がいないことに少しずつ慣れていく自分に気づく。

どこかで身体を壊していなければいいと思うが、興四郎に限ってそんなことはないという確信もある。

そういえば、興四郎がくるまでは、ずっとひとりで空想ばかりしていた。あの頃は、外に出ることも許されなかったし、手代からそろばんを習うことも、三味線のお稽古《けいこ》に行くこともなかった。

自分はそう遠くない先に死ぬだろうと思っていたし、自由なのは空想の中だけだった。

ただ、今になって思うと、その時期がどうしようもなく不幸だったとも思わないのだ。絵草紙をめくるだけでどこにでも行けたし、頭の中では自由だった。

そして、旅に出たりできないのは、今でも変わらない。

だが、興四郎がいなくなってから、気づいたことがある。

たぶん、興四郎はずっと、しの田にいるわけではない。来年くらいまではいるかもしれないが、五年後、十年後も、二階の座敷に腰を落ち着けているとは思えない。

旅に出るだけではなく、居候先を替えることだって、簡単にできる。

興四郎が絵を描けば、それを見たがる人や欲しがる人がいる。しの田にも何枚か、興四郎の描いた幽霊絵があり、客からの要望があれば、それを床の間に掛ける。それを目当てに、遠方からくる好事家もいる。

興四郎はどこにだって行ける。

少し前ならこんなことを考えると、悲しくなってしまっただろう。だが、今ならそのことを落ち着いて受け止められる。

自分があとどのくらい生きるのかはわからない。三十年か四十年か。真阿の母親の希与はまだ若いが、三味線のお師匠さんのところには、年老いた母親がいて、ときどき、顔を合わせる。あの人と同じくらい生きるかもしれないと思うと、どこか怖いような気さえする。

だが、真阿の生涯の大半は、きっと興四郎とは離れて過ごすのだ。

父は、真阿に婿を取らせて、しの田を継がせると言っているし、しの田にはほかに子供もいないから、知らないところに嫁に行くことはないだろうが、たぶんまだ会ったこともない誰かと夫婦になり、希与のように店でそろばんをはじいたり、使用人に指示を出したりして働くことになる。

その、幾分か予想できる未来はひどく退屈に思えるが、それだって恵まれていることには変わりはない。

ときどき思う。未来を想像することは、なにかを諦めることに似ている。

興四郎には戻ってきてほしいし、どこにも行ってほしくはないが、それでも、興四郎が出て行くと言ったなら、真阿は泣いて止めたりはしない。寂しい気持ちで見送るだけだ。

好きな人だからこそ、その人が自由であることを阻みたくはない。

そんなふうに思うようになったのは、真阿が少しだけ大人になったからかもしれない。

まだ秋も深まっていないというのに、ひどく寒い夜だった。

湯たんぽが欲しくなるほど、足先が冷え、真阿は布団の中で猫のように丸くなった。

そのせいか、ひどくつらい夢を見た。

鶸《ひわ》色の振袖と、つややかな黒髪が畳の上に広がっていた。愛らしい姫君が横たわり、その上にあの絵の若衆が覆い被《かぶ》さっていた。

色模様が繰り広げられているのかと、一瞬思ったが、姫の顔が険しいことに気づく。

若衆の手には短刀が握られていた。それは姫の腹に押し当てられていた。

姫は一瞬、短刀に目をやって、それから笑った。

「愚かな。そこを刺してもすぐには死なぬ。息絶えねば、お主のことを話すぞ」

若衆は短刀を握りしめたまま、ただ震えていた。目は見開かれ、唇は真っ青だった。

姫は右胸を手でさすった。

「ここを刺せ。さすれば、すぐに息は絶える」

若衆が息を呑むのがわかった。だが、身体は凍り付いて動かない。

なんとか、短刀から手を振りほどいて、身体を引く。床に尻餅《しりもち》をついて、後ずさる姿は、とても凜々《りり》しいとは言えなかった。

「どうした。意気地がない男じゃ」

姫は身体を起こして、若衆に近づいた。その手に再び短刀を握らせて、胸に押し当てた。

「ここじゃ、力を入れよ」

どちらが力を入れたのか、わからなかった。気がつけば短刀は姫の右胸に深く突き刺さっていた。

「そうじゃ、それでよい」

姫は、乱れた息の中、また笑う。

若衆は、よろよろと起き上がり、そして、その場から逃げだした。

鴇色の着物はどんどん血に染まり、姫は横たわったまま、目を閉じた。

「愚かな男じゃ……まあ、惚《ほ》れたわしも愚かだが……」

そうつぶやく口許《くちもと》には、ほのかな笑みが浮かんでいた。


飛び起きて、真阿は荒い息をついた。

身体が冷えるような夢だった。そんな結末など望んでいない。

姫と若衆は、手に手を取り合って逃げ、誰かに助けられて、幸せに暮らすのだ。

障子を開けると、冴《さ》え冴《ざ》えとした月明かりが部屋に差し込んできた。思わず、月明かりに手をかざしてみた。

なぜか、自分の掌《てのひら》まで血に染まっているような気がした。


興四郎が帰ってきたのは、その翌日のことだった。

昼食の時、お関から帰ってきたという話は聞いたが、会いに行くのは少し後にした。

正直言うと、少し拗《す》ねたい気持ちだったのだ。数日で帰るという話はなんだったのだ。

多少は、興四郎がいないことにも慣れたし、受け入れたが、だからといって、まったく怒っていないわけではない。

夕刻になるまで、自分の部屋でやきもきしたあげく、とうとう真阿は重い腰を上げて、二階に向かった。

興四郎は襖《ふすま》を開けたまま、床にごろりと横になって、床の間の絵を眺めていた。振袖を着た若衆の絵だ。昨日の夢を思い出して、ぞっとする。

しばらく廊下に立っていたが、興四郎はいっこうに振り返らない。気づいていて、知らないふりをしているのかと思うと、無性に腹が立った。

「どこに行っていたの」

そう声をかけると、ようやく振り返った。

「近江《おうみ》で熊を食ってきた」

「熊？」

興四郎のこういうところがずるいと思う。もう、帰りが遅かったことよりも、熊のことの方が気になってしまうではないか。

「熊なんて食べられるの？」

「食える。脂がのっていてうまいぞ。熊は」

食べてみたいとは思わない。一度だけ、何年も前に、見世物小屋の前に、檻《おり》に入れられた熊がいるのを見たことがある。恐ろしく大きくて、真っ黒で、こちらなど簡単に呑み込んでしまいそうだった。

「ちょうど猪なんかも、秋の実りをたらふく食べて、よく太っている。知り合いの猟師の猟を手伝って、ご相伴にあずかろうと思って訪ねていったんだが、たまたま熊が捕れた。熊はでかいから、集落全員に分けても、まだ余る。近江の宿屋に売りに行ったり、滋養が必要な病人に届けたりしているうちに、日が経ってしまった」

もともと、相撲取りのように肌がきれいで血色のいい興四郎だが、いつもよりつやつやしている。熊のおかげかもしれない。

「お真阿殿にも食べさせてやりたかったが、大阪まで持って帰るうちに悪くなっても困るからな」

興四郎は文机《ふづくえ》の上から、葉のついたみかんを取って、真阿に渡した。真阿にはみかんの方がうれしい。

熊は怖いが、殺して食べるとなると可哀想な気もする。

だが、山で暮らしていれば、八百屋や魚屋が勝手口まで、売りにくるわけではあるまい。これから冬になりどんどん寒さは厳しくなる。山で生きる人の暮らしは、真阿にはわからない。

大阪では、雪はそれほど積もらないが、近江は雪深いと聞く。

「あと、渋柿もたくさん持って帰って、台所のお重《しげ》殿に預けた。干し柿を作ってもらうように頼んだから、それはもう少し先の楽しみだ」

お重の作る干し柿は好きだ。まだ干しているものを齧《かじ》ってみたら、舌が曲がるほど渋かったのに、できあがったものはとろけるように柔らかくて甘いのだ。

いつの間にか自分の機嫌が直っていることに、真阿は気づく。みかんと干し柿で気持ちがなだめられてしまった。

興四郎はまた床の間の絵に目をやった。

「この絵がどうしてここにあるか、お真阿殿は知っているか？」

「お関が言っていた。五十くらいの男の人が置いていったって。この絵について、聞きたいことがあるって」

「男？」

興四郎は眉《まゆ》を寄せた。

「それは妙だ。俺はこの絵を、ある女に頼まれて描いた。その人は、とても喜んで、この絵を大切にすると言っていた」

「どこかのお姫様？」

そう尋ねると、興四郎は笑った。

「もうお姫様など、現実にはいないだろう」

たしかにそうだ。どこかのお嬢様はいるが、殿様も将軍様もいなくなった。本物のお姫様もいるはずがない。少しつまらないような気もする。

「この絵の若衆に会った？」

そう尋ねると、興四郎は首を横に振った。

「いや、会っていない。話を聞いて、言われるままに描いただけだ。だが、その人は本人と生き写しだと言っていた」

やはり簡単に会えない相手なのだろうか。それとももうこの世にいないのか。

昨日の恐ろしい夢を思い出すが、夢は夢に過ぎない。単に冷えたせいで、悪夢を見ただけなのだろう。

真阿はみかんの葉に鼻を近づけて、匂いを嗅《か》いでみた。行ったことのない場所の匂いがした。


熊の話を聞いたせいか、熊を描いてみたいと思った。

そう言うと、興四郎はおかしそうに笑った。

「見たことがないものを描くのは難しいぞ」

「見たことはあるよ」

それでも、何年も前のことだし、ただ黒くて大きいとしか覚えていない。

「ならば、その覚えている姿を描いてみればいい」

そう言われて、真阿は筆をとった。真阿が見た熊は、檻に入っていたけれど、できれば檻に入っていない姿が描きたい。

そう思って、立ち上がっている熊を描いた。なんだか、黒くて大きな犬が立ち上がっているみたいになってしまったけど、興四郎はえらく喜んで、「これは上手《うま》い」と言った。

黒くて大きくて、立ち上がっている。真阿の思い描く熊は、真阿の不満が形になったみたいだ。熊を食べれば、この不満も消えるのだろうか。

そんなことを考えていると、仲居の秋が客がきたことを知らせにきた。

出て行った方がいいのかと思ったが、熊を描いている途中だから、動きたくはない。

そんなことを考えていると、男がひとり、部屋に入ってきた。

なんだか、角張った人だ。真阿の父親よりも年上に見える。いまだに髷《まげ》を結ってい
て、袴を身につけている。たぶん、前は武士だったのだろう。どこか見下すような目
で、真阿を見た。あまり好きになれそうにない。

彼はなにも言わずに、畳にあぐらをかいて、興四郎を見た。それから持っていた杖《つえ》
で床の間の絵を指した。

「あの絵を描いたのは、おまえか」

「そうだが……？」

興四郎が眉間《みけん》に皺《しわ》を寄せる。興四郎もこんなふうにえらそうにしている男は好きで
はないはずだ。

「この絵に描かれている男について問いたい。これは誰だ」

「知らねえな。俺は頼まれた通りに描いただけだ」

男は険しい顔になる。

「役者か、どこかの色若衆ではないのか。会って、姿を見て描くのだろう」

興四郎は、めんどうくさそうに煙草盆を足で引き寄せた。

「会ってはいない。下絵を描くとき、細かい指示を受けただけだ。目は切れ長で、鼻筋が通っていて、役者の誰それに顎《あご》が似ているとか、頬はいつもほのかに紅《あか》いとか、そういう話を聞いた」

「その役者は誰だ！」

男が顔色を変えたことに気づいて、興四郎は笑った。

「売れっ子の大名跡だ。あんたの妻と、浮気をするような相手じゃないだろうよ。怒鳴り込んでいけば、あんたが恥をかくだけだ」

つまり、興四郎は知っているのだ。この絵を頼んだのは、この男の妻だということを。

男はじっと、興四郎を見た。

「では、妻にどんな相手かとは聞いていないのか」

「自分から聞くほど野暮じゃないさ」

「覚えていることならなんでもいい。どこで知り合ったとか、いつ会ったとか……。年はいくつだとか」

興四郎は、少し呆《あき》れたように答えた。

「知らねえよ。菊乃《きくの》殿に聞けばいいだろう」

菊乃というのが、その妻の名前なのだろうか。男はぐっと膝《ひざ》の上で拳《こぶし》を握りしめた。

「菊乃は死んだ。何者かに殺された。殺したのはこの男だ」

真阿だけでなく、興四郎も驚いた顔になる。

「菊乃が殺された晩、わたしは仕事のため、京都を離れていた。だが、使用人が、この絵姿に似た男を見たというのだ」

男は絞り出すような声でそう言って唇を噛《か》みしめた。


男は北見俊一郎《きたみしゆんいちろう》と名乗った。

家は京都だが、しばらくは仕事のため大阪の旅館に滞在しているという。彼が告げた宿の名前は、このあたりでいちばん大きくて、豪華な旅館だった。

興四郎は彼が帰った後も、じっと若衆の絵を眺めていた。

聞きたいことはたくさんあったが、声をかけるのは憚《はばか》られた。真阿は、菊乃というひとを知らないが、興四郎は知っている。

知っている人が殺されたと聞いて、平静でいられる人は少ないはずだ。

だから、興四郎に声をかけずにひとりで考える。菊乃というひとは、いくつくらいだったのだろう。北見の妻だというが、真阿の両親も、希与の方がずっと若い。二十歳以上違うと聞いたことがある。

元服前の若衆なら、どんなに年長でも十六歳くらいか。菊乃というひとが、もし北見と年が近いなら、それはそれで不釣り合いだ。

夢の中の姫君は、若衆と年は変わらないように見えた。愛らしいふっくらとした頰をはっきり覚えている。

そんな若い娘が、北見のような男と添うのは、どこか残酷な気もする。

それでも、それは決して珍しいことではないのだろう。

真阿は思い切って、言ってみた。

「夢を見た」

興四郎はこちらを見ずに尋ねる。

「どんな夢だ」

「この絵の若衆が、美しい姫と一緒にいた。頰がふっくらしていて、羽二重餅みたいだった」

興四郎は振り返って、優しい顔をした。

「それは、菊乃殿かもしれないな」

「鶸色の振袖を着ていた」

今思うと、あの振袖は少し柄が古いように思う。今の流行は、もっと大きくてはっきりした柄だ。

若衆はなぜ、菊乃を殺したのだろうか。他の男に嫁いだからだろうか。殺すくらいならば、駆け落ちできなかったのだろうか。

それとも、菊乃が一緒に逃げることを拒んだのだろうか。

考えれば考えるほど、胸のあたりが重くなる。

真阿の表情に気づいたのか、興四郎が言った。

「お真阿殿が気に病むようなことではないが……なぜ、そんな夢を見たのだろうな」

たぶん、興四郎の絵が、あまりに美しかったからだ。


翌日、また興四郎はどこかに出かけてしまった。

不満を言いたい気持ちはあるが、たぶん、菊乃のことと関わりがあるのだろう。

午前中、真阿は希与に縫い物を習った。

単衣《ひとえ》はきれいに縫えるようになったが、今は袷《あわせ》を習っている。黒い着物に鮮やかな橙《だいだい》の八掛《はっかけ》をつけるのは楽しいが、単衣とは比べものにならないほど難しい。

途中、針を動かすのをやめて、真阿は希与に尋ねてみた。

「母様《かか》は、父様《とと》のところに嫁ぐのは、嫌じゃなかった？」

希与は驚いた顔になった。

「なんやのん、急に」

真阿はまだ上方言葉をうまく使えないが、希与の上方言葉が、真阿は好きだ。

「年が離れているから……」

「そうやねえ……」

希与は針に髪の油を馴染《なじ》ませるようにして、また指を動かしはじめた。

「旦那《だんな》様は、優しい人やと聞いていたけど、やっぱり最初はちょっと不安やった」

もしかすると、「そんなことあるわけないやないの」と軽く流されてしまうかと思っていた。希与と善太郎は仲がいいし、善太郎は血のつながりのない真阿のことを可愛がってくれる。ときどき、希与が「旦那様はお真阿に甘すぎる」などと文句を言うほどだ。

希与が正直に答えてくれたことが真阿にはうれしい。ちゃんと大人として扱ってもらった気がする。

「でもね。その頃、わたしは姉様があんなことになったばかりで、天涯孤独になったような気分やったから、ひとりでなくなることが、なによりもうれしかった。旦那様と一緒になったら、お真阿とも離ればなれにならないで済むことがわかったし」

真阿の本当の母親は、希与の姉だ。真阿の本当の家族は東京で、みんな殺されてしまった。

その頃のことは、あまり覚えていない。それでもときどき、なにかがこぼれるように、昔のことを思い出すこともある。

希与が、真阿の手を引いて、東京から連れて帰ってくれたことはかすかに覚えている気がする。真阿は心細いような気持ちで、希与の熱い手を握っていた。

希与がもし、善太郎のところではなく別の家に嫁いでいたら、真阿は別の家に養女にやられてしまっていたかもしれない。もしくは禍々《まがまが》しい事件のせいで、もらってくれるところもなく、ひとりで働いて生きていかなければならなかったかもしれない。

起こらなかった出来事だから、それが不幸かどうかはわからないはずなのに、真阿はそんなことにならなくてよかったと思っている。

つまりは、今が幸せなのだろうか。

菊乃はどうなのだろう。北見のところに嫁いで幸せだったのか。

「でも、もし、旦那様がお真阿を養女にしたくないと言ったなら、お断りしたかもしれへんわ」

希与が独り言のようにそう言った。

きゅっと胸が痛くなる。血のつながりだけを考えると、希与は叔母《おば》で、本当の母ではないが、今、真阿が母と呼べる人は希与しかいない。

真阿を自分の娘として育ててもいいと、快く受け入れた善太郎だから、希与は後添えとして嫁ぐことを決めたのかもしれない。

悲しいわけではないのに、なぜか急に泣きたくて仕方なくなった。真阿は希与に気づかれぬようにうつむいて、針を動かした。


興四郎は翌日帰ってきた。

真阿が部屋を訪ねると、険しい顔のまま、あぐらをかいて、若衆の絵を眺めている。

「菊乃さんは……」

「北見殿の言う通りだった。何者かに殺されていた。使用人が、この絵にそっくりな少年を見かけているという話も本当だった」

興四郎は、菊乃から細かく指示されて、この絵を描いたと言っていた。つまり、この若衆は物語の登場人物ではなく、実在している。

「本当に、この若衆……この絵の元になった少年が殺したんじゃ……」

そう言いかけた真阿の言葉を、興四郎は即座に遮った。

「それはありえない」

興四郎がそう言うからには、この若衆はもうこの世にいないのだろうか。もういない人を思って、菊乃は興四郎に絵を描かせたのか。

「この絵の若衆に似た誰かがいたのだとすれば、それはただのなりすましだ。誰かがこの絵を見たのか。だが、この絵は普段は押し入れの中にしまい込まれていて、人に見せられることはなかったと、使用人は言っていた。目撃した使用人ですら、この絵の存在は知らず、その少年の話をした後で、絵を北見殿から見せられたという」

ふいに恐ろしいことに気づいた。

「興四郎は疑われてない？」

さすがに興四郎の巨体ではほっそりとした若衆になりすますことはできない。だが、絵を知っている人間が限られるとすると、興四郎にもなんらかの疑いがかかるかもしれない。たとえば、どこかの少年をこの絵のように装わせることなら、外見がかけ離れていてもできる。

それを聞いて興四郎は笑った。

「お真阿殿は、相変わらず頭がよく回るな。警察は、殺したのは菊乃殿をよく知る者だと考えているようだ。使用人や親戚《しんせき》の者でも知らない、ごく近くにいる人しかわからないことを、下手人が知っていた様子がある。若い恋人がいたのではないかと考えているらしい。俺は、二年ほど前にほんの何日か、近くの宿屋に滞在して、絵を描くように言われただけの関係だ」

「ごく近しい人……」

「そう、菊乃殿の親、もしくは夫、またはどこかにいるかもしれない恋人、それくらいの人間しか知らないことらしい。それがなにかは俺も聞けなかった。親は他界しているし、夫はその時期、九州に仕事で行っていた。警察は若い恋人の存在を疑っている」

だが、興四郎はこの絵の元になった若衆が、菊乃を殺したはずはないと考えている。そこまで話すと、興四郎は目を閉じた。なにかを思い出しているのか、それとも考えているのか。

邪魔する気にもなれず、真阿はそっと興四郎の部屋から出た。


また同じ夢を見た。

若衆が短刀を握りしめて、菊乃に覆い被さっている。

菊乃はどこか、諦めたような顔で、若衆を押しのけようとすらしない。

まるで、夢の中で同じことが繰り返し行われているかのようだ。何度も殺し、何度も殺され、そして何度も殺されることを受け入れる。

菊乃はどこか不遜《ふそん》な顔で笑う。

「ここだぞ、間違えるな」

そう言って、掌で押さえるのは右胸だ。これも前の夢と同じ。

若衆は震えながら、短刀を女の胸に突き刺した。

なぜか、そのままふたりは凍りついた。

時間だけが流れていく。花入れに生けられた花は枯れて、塵《ちり》となる。そとに雪が降り、桜の花が咲き、木が緑に覆われ、やがて葉が枯れて、落ちる。

重なり合ったまま、時だけが、流れていく。何年も何年も。

笑ったまま、菊乃の顔が老いていく。上に覆い被さった若衆も少しずつ老いていく。

その顔を見て、真阿は息を呑んだ。


真阿は、開いた襖から興四郎の様子を見た。興四郎は昨日からそのままいるような形で目を閉じていた。

真阿は黙って、近くに座った。

「お真阿殿か、どうした」

興四郎が目を開けて笑う。真阿は尋ねた。

「菊乃さんっていくつくらいの人？」

「さあ、四十五か、五十か……、若々しく見えたが、たぶん、そのくらいだろうな。世が世なら、本物のお姫様だったらしい」

今は姫君などいないが、三十年前ならまだいたはずだ。姫として育てられて、姫として恋をして、姫として嫁いだ。

「この絵は、北見さんなの……?」

もうひとつ尋ねると、さすがに興四郎は驚いた顔になった。

「どうしてそれを……」

夢の中で、年老いていった若衆は、北見と同じ顔になった。角張って白髪が交じった男が振袖を着ている姿は異様に見えたが、そこにはたしかに絵の面影が残っていた。

ふうっと、興四郎が息を吐いた。

「菊乃殿は言った。若く、美しかった頃の旦那様を描いてほしいと。自分が恋をしたその瞬間を忘れないように残したいのだと」

今はもう愛《いと》おしく思えなくなったから、絵を見て、その頃の気持ちを思い出したいのか。だが、愛情が完全に消え果ててしまったなら、若かったときの姿を絵にしたいとも思わないような気がする。

消える瞬間、まだ残り火のように燻《くすぶ》る恋心。それは、真阿にとって、あまりにも理解しがたく、難しい。

「北見殿は、近くに別の女をふたり囲っていたという。盆暮れ正月には付け届けをして、女が不自由しないように気を遣う。それも正妻の仕事だが、続けるのはつらいと菊乃殿は語っていた」

だから、絵を見ることで、少しでも過去に戻りたかったのか。

ならば、なぜ、菊乃は殺されたのか。

興四郎が身震いをした。

「寝覚めが悪いぜ……」

この絵が若かった頃の北見ならば、似た少年が現れるのはおかしい。北見は生きているから、幽霊ではない。

「何者かが、この絵を見て、菊乃さんに恋人がいるのだと勘違いをした。だから、その恋人が殺したことに見せかけようとした……」

真阿は独り言のようにつぶやく。

絵のことを知る人間は少ない。菊乃は使用人にも隠していたという。

もし、隠さなかった人がいるのなら、それはたったひとりだけ。

興四郎は立て膝をついて、絵を眺めた。

「菊乃殿は、この絵を夫に見られることは恐れていなかった。振袖の柄も、顔も若い頃の北見殿のものだから、この絵が誰を描いたものかは、本人にはすぐにわかると思っていたのかもしれないな」

　だが、わからなかったのだ。

　この絵を見た北見は、菊乃に若い恋人がいるのだと思い込んでしまった。だから、嫉妬《しっと》をしたのか。それとも前々から邪魔だと思っていたから、恋人の仕業に見せて、殺そうとしたのか。

「北見殿は、そのとき九州にいたが、どこかの役者や陰間に金を渡し、この絵の装いをさせて、菊乃殿を殺すように命じたのかもしれない」

　近しい人しか知らないという事柄が、なんなのかはわからないが、北見ならそれを教えることができる。

　そして、本物の恋人に罪を着せることもできる。

　だが、菊乃が殺されても、本物の恋人は現れなかった。警察が調べても、存在すら見つからなかった。

　そんな者ははじめからいないのだから。

　興四郎がさきほど「寝覚めが悪い」と言った理由がわかった。

　この絵を見たから、北見は菊乃を殺そうとしたのか。この絵があまりにも美しく、そして菊乃がうっとりとそれを眺めていたから、怒りに駆られたのか。

　だとしても、それは絵に罪があるわけではない。

興四郎は、勢いをつけるように立ち上がった。

「警察に行ってくる」

北見が、菊乃を殺すように頼んだ役者は、すぐに見つかった。

旅芝居の一座の若い女形で、博打《ばくち》が好きで、借金を抱えていたという。北見はそれに付け込んだ。

囲っていた女のひとりが、「もう囲われ者はいやだ。正妻にしてもらえないのなら、別れる」と言いだし、その扱いに困っていたこともわかった。

少なくとも、絵だけが殺そうとしたきっかけではない。それが興四郎にとって、慰めになるのかどうかはわからないが。

若衆の絵は、菊乃が眠る菩提寺《ぼだいじ》に渡して、供養してもらうことにしたという。

真阿は、興四郎に尋ねてみた。

「それで、菊乃さんの親しい人しか知らなかったことってなんだったの？」

興四郎は自分の右胸に手を当てた。

「菊乃殿は心の臓が右側にあったんだ。親と本人は知っていたが、それ以外の者は知らなかったらしい。だが、菊乃殿を殺した短刀は、迷うことなく右胸を貫いていた」

興四郎は腕を組んで、もう絵が掛かっていない床の間に目をやった。

「だが、不思議なことに北見はそれを知らなかったと言うんだ。床を共にしていれば気づきそうなものだが、もう何十年も床は別だったと言っていた」

その理由は、真阿が知っている。

自分に刃《やいば》をつきつけた若者を見たとき、菊乃は理解したのだろう。夫は、あの絵が誰を描いたものかということに気づかず、菊乃の真意も誤解した。

心の臓がどこにあるのかは、菊乃自身が教えたのだ。

夜鷹御前

昼下がり、部屋で縫い物をしていると、お関が飴湯《あめゆ》を運んできた。

今日はひどく蒸すから、ありがたい。冷めてから飲もうと、飴湯を揺らしてみる。琥珀《こはく》のように澄んでいて、波打つたびに光が反射する。

それに見とれていると、お関が言った。

「二階の居候さんのところに、なにやらお客がきているようですよ」

「えっ！」

それを早く教えてほしい。興四郎のところにくる客は、なにか不思議なことや、真阿が知らなかったことを影法師みたいに引き連れてくる。怖いことも、悲しいこともたくさん聞いたが、知りたくなかったと思ったことは一度もない。

尻《しり》を上げた真阿を見て、お関が即座に釘《くぎ》を刺す。

「おかみさんが、お客さんが帰るまで、お嬢様を近づけないようにとおっしゃっています」

「ええ……」

がっかりする。去年の冬、天満までひとりで興四郎の使いで行ったことが希与に知られて、ひどく叱られた。人助けをしたようなものなのに、叱られるのは割に合わないが、希与が心配性なのは、今にはじまったことではない。

あまり希与を心配させて、興四郎に絵を習うことまで禁じられては困る。しばらくは、言いつけを守るつもりだった。

客の話は、後で興四郎から聞けばいい。

興四郎は嘘をつかない。真阿に聞かせたくないようなことは、少しぼかしたりはするが、問い詰めればかならず教えてくれる。だから、真阿は興四郎が好きなのだ。

半時ほどじりじりと待った後、真阿は縫い物の手を止めて、二階を訪ねた。

もし、客がいても「もう帰ったと思った」という言い訳をすればいい。

いつも少し開いている襖《ふすま》から、中を覗《のぞ》くと、興四郎がごろんと横になっているだけだった。どうやら客はもう帰ったらしい。

「興四郎、入っていい？」

そう尋ねると、首だけぐるりとまわしてこちらを見た。

「ああ、お真阿殿か、入りなせえ」

座布団が投げ出すように置いてあるから、そこに客が座っていたのだろう。

床の間に目をやって、真阿は息を呑《の》んだ。

女の人を描いた肉筆画が、そこに飾られていた。

興四郎の手ではない。興四郎が描いたものならすぐにわかる。

美しい絵だった。婀娜《あだ》っぽい女の人が、丸めた筵《むしろ》を手に立っている。髪には手ぬぐいをかけて、その端を笹紅色の唇で押さえている。

夜鷹《よたか》、という女性がいることは、お芝居で見て知っている。

春をひさぐ女だが、遊女のように置屋に属しているわけではなく、道端で声をかけ、客を取る。

たぶん、希与やお関に聞いても教えてくれないだろう。「真阿が知るようなことではない」。これまで、そういう答えが返ってきたことは何度もある。

知らなくていいと言われることは、守られていることだ。そのことはわかっている。だが、そこにはどうしても欺瞞《ぎまん》の匂いを感じる。

真阿くらいの年頃の娘でも、廓《くるわ》で売り買いされていると聞く。彼女らは「知らなくていい」などと言われることはなかっただろう。むしろ、知りたくもないことばかり、経験させられているはずだ。

絵をじっと見ていて、気づいた。

筵や、髪にかけた手ぬぐいは夜鷹の印のようなものだが、少し不思議なことがある。

絵の中の女は、白い打ち掛けを着ている。墨絵の松のような模様がかかれ、八掛《はっかけ》は鮮やかな赤、裾《すそ》にしっかり綿が入っている。武家の奥方が着ているような打ち掛けだ。心なしか、表情もどこか誇らしげで、背筋をぴんと伸ばして、こちらを見つめている。

この絵は矛盾を抱えている。地面に敷いて、春をひさぐための筵と、立派な打ち掛け。顔を隠すための手ぬぐいと、強い視線。

だから魅力的なような気もするが、真阿は不安にならずにはいられない。

「きれいな絵だけど……」

そうつぶやくと、興四郎は真阿を見て笑った。

「けど？」

「ちょっと気味が悪い」

興四郎は怖い絵を描く。暗がりから手が伸びてきて、引きずり込まれそうで、それでいてたまらなく惹《ひ》かれてしまう。

興四郎の絵は怖いけど、悲しい。だが、この女の絵は違う。真阿は好きではない。しばらく理由を考えるが結論は出ない。

「この絵を誰かが持ってきたの？」

「ああ、元武士だが、今は仕事と金に困っているという男だ。絵師になりたい。弟子にしてくれと言いにきた」

少し嫌な感じがした。

「これだけ上手《うま》いのだから、俺が教えることなどなにもないし、絵師としての仕事が欲しければ、名のある絵師のところに行けばいいと言ったが、どうもそうしたくない理由があるらしい。俺に弟子入りしたって、いいことなんかないのにな」

「弟子にするの？」

「するはずないだろう。俺の弟子は、お真阿殿だけだ」

それを聞いてほっとする。

「金がないから、この絵を売って金にしたいと言っていて、それは協力できるかもしれないと思って、置いていってもらっただけだ」

だから、この絵がここにあるのか。

「いい絵だから、欲しがる好事家はいるはずだ。少し声をかけてみれば、買い手は見つかるだろう」

「親切だね」

そう言うと、興四郎は少し困ったような顔になった。

「まあ、金に困っているのはお互い様だ」

真阿から見れば、興四郎は好きで金を稼いでいないように見える。

旅をするときも、あちこちで、襖絵を描いたり、笑い絵を描いて売ったりしながら、旅費の足しにしていたという。腕があり、必要なときには稼げるからこそ、しの田の二階に居候をして、ただぶらぶらと好きなことをしている。

父の善太郎が、二階に興四郎に居候をさせているのも、興四郎の絵を見たがる客がいるからだ。今では、二階にいるのが当たり前のような気がするが、興四郎は気が向けば、ふらりと出て行ってしまうだろう。

自由と引き替えに貧乏をしているのと、本当に仕事がなく、貧乏をするしかないのとは、少し違うのではないだろうか。

真阿がそんなことを言うと、なにもわかっちゃいないと笑われるだろうか。

大店《おおだな》の一人娘で、貧乏をしたことなどない。思い出すのもつらい過去はあるが、それでも今は、真綿にくるまれるように大事にされている。

真阿には見えていないものがまだあるのかもしれない。だから興四郎は、その絵師と自分がお互い様だと言ったのだろうか。

最近、真阿は、人をよく描くようになった。

お関の頼もしい後ろ姿を描いたときには、興四郎が褒めてくれた。丸い小山のような背中を見ると、胸の中に温かいものが点《とも》る。それを絵にしたかった。

当のお関に見せたときは「わたしはこんなに太っていませんよ」と言われてしまった。真阿にとっては、すらりとした若い女の背中よりも、ずっと美しく見えるのに。

人を描くのは難しいが、楽しい。特に頭の中にいる人を描くのは。

だから、真阿はその日、夜鷹を描いてみた。

興四郎の部屋にあった絵の夜鷹ではない。お芝居で見た、粗末な着物の夜鷹だ。

そういう仕事で、家族を養っているのかもしれない。寒い日もあるだろうし、嫌な客もたくさんいるだろう。

楽な仕事のはずはない。だが、どこか自由の気配もするのだ。

どこにでも行ける。どこででも稼げる。興四郎のように。

たぶん、真阿がそう考えてしまうのは、なにもわかっちゃいないからなのだろう。

だが、勝手に可哀想な人だと決めつけることもしたくないのだ。

そう思いながら、描いたせいか、できあがった絵は少し自分に似ているような気がした。

あの夜鷹の絵は、すぐに買い手が見つかったらしい。

次に興四郎の部屋を訪ねたときには、もうそこにはなかった。なぜか、この家から
あの絵がなくなったことに、ほっとしている自分がいて、真阿は驚いた。

なぜ、そんなにあの絵のことが好きになれないのだろうか。

怖い絵なら、これまでもたくさん見ているのに。

興四郎の部屋で、絵を教わっていると、階段を上ってくる足音がした。

「御免。邪魔するぞ」

半分開いていた襖が大きく開かれ、ひとりの男が部屋に入ってきた。

すぐに、あの絵を描いた絵師だと思った。だが、想像していたのとは違う。

興四郎の弟子になりたいとか、金に困っているとか言う割りに、卑屈なところはどこにもない。むしろ、どこかえらそうだ。

そういう意味では、あの絵の夜鷹とどこか共通点もある。

四十代くらいだろうか。興四郎よりも年上だ。

昔は武士だったという、興四郎のことばを思い出した。なるほど、だから、町人を見下しているようにみえるのだ。同じ部屋にいる真阿のことも、ちらりとも見ない。

着ている着物は古いが、元はいいものだったのだろう。右手に徳利《とっくり》を提げている。

「世話になった。これで少しは生き延びられる。安物だが、これは礼の代わりだ」

徳利を興四郎に差し出す。

「気持ちはありがてえが、酒にはそんなに不自由していない。料理屋に居候していれば、たまに燗《かん》冷ましが回ってくる。あんたが飲むか、酒屋に返してきな」

「だが、高く売ってくれた。前に古道具屋に売りに行ったときには、二束三文で買いたたかれた」

「ああいう絵は、買い手を探すのが面倒だから、道具屋では扱いたがらねえ。名のある絵師なら別だがな。だが、いい絵なら、欲しがる人間はいるさ。本当はもっと高く売れたんじゃねえかと思っているが、あんたが急いでいるみたいだったんでな」

「確かに、高く売れるほど助かるのは、事実だが……。今は困窮しているから充分助かった」

男は徳利を自分の脇に置いて、興四郎ににじり寄った。

「それで、弟子のことは考えてくれたか」

「断ったはずだが？　弟子は取るつもりがねえんだ」

興四郎がきっぱり断ると、男は憮然《ぶぜん》とした顔になった。

「絵を褒めてくれたではないか」

「あんたは上手いよ。だから俺が教えることはなにもない。もっとえらい先生のところにでも弟子入りすればいいじゃねえか」

「何軒か交渉してみたが、断られた」

弟子と言うからには、教えを乞《こ》うものなのに、この男はどこか横柄だ。年もいっているし、弟子にしても扱いに困るということなのだろう。

男はためいきをつくように言った。

「絵を描くくらいしか能がないのだ。絵が売れないと生きてはいけないし、しかも名前が知られなければ、なかなか高く買ってもらえない。このままでは、飢え死にしてしまう」

興四郎はちらりと男を見た。値踏みをするような視線だった。

「蛭沼《ひるぬま》殿……と言ったな」

「蛭沼平五郎《へいごろう》だ」

「あれだけ描けるからには、どこかで絵を習ったのだろう。だったら、その師匠の名を名乗ればいい」

「師匠といっても、名の知れた人間ではない。藩のお抱え絵師だった人に習った」

蛭沼が告げたのは、北の方にある藩の名前だった。もう藩などというものは存在しないが、その名前だけは知っている。

藩のお抱え絵師というからには、大名や、藩のために働いた人の姿絵を描いていたのだろう。藩から手当をもらっていたのなら、有名になる必要もない。しかも、遠方ならば、東京や大阪で名前を聞くこともないはずだ。

「もう高齢で亡くなり、その後はわたしがお抱え絵師になった。だが、すぐに維新でなにもかもひっくり返されてしまった」

真阿が生まれたのは、維新の後だから、どう変わったのかは知識の中でしか知らないし、町人は武士ほど大きく生活が変わったわけではない。

徳川の世から明治への変化を、たぶん二十代の前半に経験した蛭沼はどんな気持ちだったのだろう。

少年期に目指した職業は、時代の変化に呑《の》み込まれて消えてしまった。他になにもできない武士とくらべれば、絵が上手いことは糊口《ここう》をしのぐ術《すべ》となりそうだが、真阿が考えるほど簡単ではないのかもしれない。

「まあ、弟子にはできないが、なんか困ることがあったら、またくればいいさ。絵の仕事を紹介することはできるかもしれない」

「恩に着る。とりあえず、自分でも探してみるが……」

蛭沼は、立ち上がって部屋を出て行った。真阿のことは一度も見なかった。まあ、じろじろ見られるよりはずっといい。

蛭沼が行ってしまうと、真阿は興四郎に話しかけた。

「興四郎はあの人の絵が好き？」

真阿は好きではない。上手い絵だが、どこか気味が悪いのだ。

興四郎はなぜか考え込んでしまった。好きか嫌いかなんて、考えずに答えられる問いかけだと思うのに。

「好きかもしれないな」

「かもしれないなんて、変だ」

真阿のことばに、興四郎は笑った。

「そうだな。好きなような気がするが、なんかよくねえものも感じるんだ。だが、そのよくねえものがあるからこそ、あの絵に価値があるような……」

いつもはっきり答えてくれる興四郎にしては、回りくどい言い方だ。

しばらく考えた後、興四郎は髪を片手で掻《か》き回した。

「ま、よくわかんねえということだな」


十日ほどたったある日のことだった。

二階の興四郎の部屋に行くと、あの夜鷹の絵がまた床の間にかけてあった。驚いて足を止める。

興四郎の姿はない。風呂《ふろ》屋にでも行ったのだろうか。

近づいて、じっと見てみる。

夜鷹はどこか誇らしげに、微笑んでいた。美しく、それでいてどこか残酷な笑いだった。

こんな笑みを浮かべるのは、どんな気持ちになったときだろうか。真阿には想像できない。

お芝居で考えてみる。憎い敵を殺したとか、恋敵を破滅させた人なら、こんな顔で笑うのかもしれない。

ふと考えた。蛭沼はなぜ、この女を描いたのだろうか。美しかったからか、それとも他に理由があるのか。もし誰かに頼まれて描いたのなら、なぜ蛭沼が持っているのか。

興四郎の足音が階段を上がってくるのが聞こえた。厠《かわや》にでも行っていたのだろう。

「その絵、出戻ってきちまったようだ」

そう言いながら部屋に入ってくる。

「どうして?」

真阿は振り返って尋ねた。

「絵を売ったのは、気味の悪い女の絵ばかり好んで集めている商人だったが、この絵を買ってから、やたらに夢見が悪く、しかも母親が階段から落ちて、大怪我をするとか、よくないことばかり起こるらしい。金はもういいから、絵だけ引き取ってくれと言われた。まあ、もともと高く売ったわけじゃない」

お金が返ってこなくても、そばに置いておきたくないということだろう。

「蛭沼さんにはもう知らせた？」

「ああ、朝に絵を持って、蛭沼のいる長屋を訪ねたが、留守だったから、伝言だけ、差配人に頼んで、絵は持ち帰ってきた」

興四郎はあぐらをかいて、床の間の絵を見上げた。なんだか渋い顔をしている。真阿は気になっていたことを口に出した。

「どうして、この絵の夜鷹は、こんなきれいな打ち掛けを着ているの？」

そう尋ねると、興四郎は頭をボリボリと掻いた。

「お真阿殿はお嬢様なのに、なんでも知ってるな」

「お芝居や、絵草紙で見た」

「ああ、そうだな。いる人間をいないことにはできないものな」

興四郎のその言葉に頷《うなず》く。

先日、手すさびで描いた夜鷹の絵を、お関に見つかった。お関は驚いて、希与に言いつけて、真阿はその後、希与に叱られることになってしまった。

四谷《よつや》怪談《かいだん》のお芝居で見たのだと言うと、それ以上は叱られなかったが、希与は言った。

「もうこんな女の人を描いてはなりません」

「どうして？」

そう尋ねると、希与は虚を衝《つ》かれたような顔になった。

「どうしてもです」

希与のことは好きだ。本当の母ではないけれど、そのことに不満を感じたことはないし、大事にされていると感じる。でも、こういうところは少し嫌だ。

世間の人が、よく思わないからだということは真阿にもわかっている。夜鷹のことを話すことも、夜鷹の絵を描くことも、きっと外聞が悪いのだ。

でも、男の狂言作者や戯作者が夜鷹について書いて、男の役者が夜鷹を演じることについてはなにも言われない。

なんだかおかしいと思ったが、考えはまとまらなかった。だが、興四郎のことばを聞いて、ようやく理解できた。今もいるかどうかは知らない。だが、そういう人はたしかに存在したのに、真阿や希与やお関はまるでいないように振る舞うことを求められている。

いないように振る舞えと強いているのは、いったい誰だろう。

興四郎は続けて言った。

「俺は風刺画だと思った」

「風刺？」

「夜鷹の絵ではなく、どこかの奥方の身持ちが悪くて、夜鷹のようだと誰かが囁《ささや》いた。それを絵にしたんだろう」

あまり気分のいい話ではない。だが、真阿にはその発想はなかった。

興四郎の方が世の中をよく知っている。だから、興四郎の考えが正しいのかもしれない。

真阿はもう一度、床の間の絵を見た。

だが、真阿には武家の奥方が手ぬぐいを髪にかけて、筵を持っているようには見えない。興四郎の見方を聞いてさえ、真阿には夜鷹が打ち掛けを着ているように見えるのだ。

ふいに興四郎がつぶやいた。

「そういえば、この絵は蛭沼が大名のお抱え絵師だったときに描いたと言っていた……」

お抱え絵師ならば、風刺画など描かないだろう。だが、夜鷹の絵も、お抱え絵師の作にしては不自然だ。

興四郎はしばらく考え込んでいた。やがて、口を開く。

「もしかしたら、俺は大きな考え違いをしたのかもしれねえ」

半時ほどして、蛭沼がやってきた。

「留守にしてすまなかったな。金策に走り回っていた」

少しもすまないと思っていないような口調でそう言う。

相変わらず、真阿には一瞥《いちべつ》も投げかけない。一瞬、思った。もしかして、真阿の存在が見えていないのだろうか。

そんなはずはない。蛭沼はなにかにぶつかったりせずにまっすぐ歩くし、特に勧められもしない座布団の上にも座った。

見えていないはずなどない。

「絵を突き返されたぞ。この絵を買ってから、不吉なことばかり起こると言われた」

興四郎がそう言っても、蛭沼は驚いたそぶりも見せなかった。

「そうか。不思議だな。わたしがこの絵を持っていても、なにも不運なことは起こらないが」

そうだろうかと、真阿は思う。

実際、蛭沼は金に困り、絵師としての仕事もできないでいるではないか。

「金は返した方がいいんだろうが、もう大半は借金を返すのに使ってしまった。返すなら少し待ってもらわないと」

「いや、それはいいと向こうが言っている。それよりも一刻も早く、この絵と縁を切りたいと」

「そうか。ならよかった」

蛭沼はあからさまに相好を崩した。

「他の買い手を探してほしいが、さすがにそれを頼むのはずうずうしすぎるな。ともかく、この絵は持って帰る」

座布団から立ち上がり、絵を床の間から外そうとする。

興四郎はふうっと息を吐いた。

「こういうことははじめてか？」

蛭沼の動きが止まった。

「こういうこと、とは？」

「売った絵を突き返されたことだ」

蛭沼はすぐに答えなかった。真阿にもわかる。はじめてではないのだ。

「もしかしたら、何度かあったかもしれぬな」

興四郎は煙管《キセル》で煙草盆を引き寄せた。

「おかしいと思ったんだ。金に困っているというわりに、二十年前のお抱え絵師時代に描いたというこの絵を手放していない。しかも、これだけ腕があるのに、弟子に取ってくれるところがどこにもないというのも妙だ」

「なにがおかしいと言うのだ。弟子入りを断られるのは、年齢と、わたしの不徳の致すところであろう」

興四郎は少し笑った。

「まあ、それもあるだろうがな。この絵を描いたのは、あんたじゃないんだろう」

蛭沼は眉間《みけん》に皺《しわ》を寄せた。

「なにを言うか」

「どこかで、この不吉な絵を手に入れたあんたは、突き返されるのを承知で、絵を売り、金を手に入れては、また戻ってきた絵を誰かに売って、小銭を稼いでいたんじゃないのか。値段にうるさいことを言わないのも、道理だ。どうせ、絵は戻ってくるんだからな」

蛭沼は興四郎を睨《にら》み付けた。

「言いがかりをつけるとは失礼千万。この絵は、たしかにわたしが描いたものだ。ここに、蛭沼栄春《えいしゅん》という雅号があるだろう」

そう言いながら、絵の落款を指さす。

「これはわたしの絵師としての雅号だ。藩は解体されたし、殿様はもう亡くなったが、殿様の甥《おい》が大阪の法律学校で働いている。蛭沼平五郎という男がお抱え絵師だったか聞きに行けばよい。なんだったら、一緒に足を運んでもかまわん」

蛭沼はひと息でそう言い切った。

「正直に言うと、今は腕が落ちた。この絵のようなものは、もう描けぬ。それは認めるが、間違いなく、これはわたしが描いたものだ」

証人がいると言うなら、蛭沼の言うことは間違いないのだろう。

興四郎は悪びれもせずに言った。

「そうかい。それは疑って悪かった。じゃあ、絵が突き返されたことも、これまでなかったのか」

蛭沼はまた黙った。渋々口を開く。

「それは……何度か、あった……」

「へえ、じゃあ、この絵はあんたにとって、小判のわき出る井戸というわけだ」

「今回のように、すぐに突き返されるとは限らない。戻ってくるのが、三ヶ月後や半年後のこともあった。だが、この絵はいつも戻ってきた。ただ、それだけのことだ。売るときは、戻ってくるという確信はない。だから、騙《だま》したわけではない」

蛭沼は、声をひそめた。

「いつも……戻ってこなければいいと思っていた」

興四郎は煙を輪にして吐いた。

「なるほど、じゃああんたにとって、この絵は、いい加減手を切りたい美人局《つつもたせ》の相方みたいなものか」

「気味が悪いから、燃やしてしまおうと思ったこともあった。だが、どうしてもできなかった。こんな絵はもう描けない。間違いなく、わたしが描いた中で最高の出来だ」

煙管を灰落としに打ち付け、ふっと息を通してから、興四郎は尋ねた。

「そもそも、この絵はいったいなんなんだ？　武家の奥方が夜鷹の真似事をしているのか、それとも夜鷹が打ち掛けを着ているのか」

「夜鷹だ。実を言うと、わたしもよくは知らぬ。あるとき、家老に女の絵を描くよう命じられた。殿様のためによく働いてくれた女がいる。褒美の金は渡したが、それだけではなく、誉れになるものを渡したいというのが、殿様の意向だった。表立って、称《たた》えるわけにはいかぬが、女の功績を残す絵を描いてやりたいと」

それがこの絵なのだろうか。

「最初は、美しい打ち掛けを用意して、丸髷《まるまげ》を結い、武家の奥方のように描くはずだった。だが、その女が言ったのだ。『こんなのはあたしじゃねえ』とな」

打ち掛けだけを着て、筵を持ち、髪に手ぬぐいをかけた。

「それで、女の職業が夜鷹だとわかった。だが、なぜ夜鷹に誉れを与えるのかまでは聞けなかった。打ち掛けを着て、筵を持って立つ女は、特に器量が良い訳ではなかったが、曰《いわ》く言いがたい凄《すご》みがあった。わたしは夢中になって描いた。女のだいたいの輪郭を取った後、家に籠《こ》もって、絵を仕上げた。だが、絵が完成する直前に、殿様がお亡くなりになってしまった」

女も絵を取りに来ることはなかった。捜したところ、河原で同業のものに殺されたと聞いた。

「若殿様に絵をご覧に入れたが、お気に召さなかったようでな……。すぐさま、焼き捨てろと言われたが、できなかった」

そうこうするうちに、藩は廃止され、お抱え絵師の仕事もなくなった。蛭沼は東京に出て、絵の仕事をしようとするがどうしてもうまくいかない。

弟子入りしても、他の弟子とうまくやれず、すぐに追い出された。かといって、力仕事ができるわけではないし、客商売もとても無理だ。

とうとう、金が尽きて、この夜鷹の絵を売ることにした。荒れた生活を続けることで、筆も荒れてしまった。もうこれ以上のものは描けないと、自分でも気づいていたから惜しかったが、それでも生きなければならない。

絵は、すぐに売れたという。だが、一ヶ月ほどして、絵を売った客が蛭沼を訪ねてきて、不吉なことばかり起きるから、絵を返したいと言われた。

ごねても仕方がない。絵は返してもらうことにした。金も返せと言われたが、「今は持ち合わせがない。いずれ返す」と言うと、それでよいことになった。やがて、宿替えをすれば、宿替え先まで追ってくることはなかった。

それを繰り返し、繰り返し、蛭沼は生きてきたという。

「しばらく、返ってこないこともあって、金には困ったが、それでもほっとした。もう、これであの絵と縁が切れると思った」

蛭沼はそうつぶやいた。

真阿は思う。また返ってきたとき、蛭沼が感じたのは安堵《あんど》だったのか、恐怖だったのか。

東京で、それを繰り返していたが、やがて「夜鷹御前の絵」と呼ばれ、噂が広がり、売れなくなった。仕方なく、少しずつ西に向かいながら、夜鷹御前の絵を売り、糊口をしのいできたという。

「騙したと言われるのは心外だ。わたしがなにかを仕組んだわけではない」

ただ、それでも絵は戻ってくる。何度でも、何度でも。

興四郎は黙りこくって、聞いていた。さすがにめったに見ることのない険しい顔になっている。

「あんた、それ、相当やべえぞ。どこかで供養してもらったほうがいいんじゃねえか」

「だが、供養してもらって、この絵が戻ってこなくなったら……わたしはどうやって生きればいいのだ」

「また新しい絵を描けばいいじゃねえか」

「もうできぬ。二十年の間、筆は荒れて、もうこのような絵は描けぬ。わたしはこの絵と心中するしかない……」

蛭沼は床の間から絵を外すと、掛け軸ごと丸めて、紐《ひも》でくくった。

「世話になった。もうここへはこぬ」

そう言って、足早に部屋を出て行った。

興四郎は、吐き捨てるように言った。

「不吉なことはもう起きているじゃねえか」

蛭沼は不運なことは起きないと言った。だが、どう考えても、あの絵に取り憑《つ》かれ、搦《から》め捕られている。

自分のことはそれほどまでに見えないものだろうか。

本人が言った通り、蛭沼はもう、興四郎のところにこなかった。

もう長屋も引き払い、どこかに旅だってしまったようだと興四郎は言っていた。

蛭沼は、あの絵だけを携えて、どこかを旅しているのだろうか。

興四郎はまたぶらりと旅に出てしまった。

荷物は置きっ放しだし、土産を持って帰ってくると言っていたから、真阿は信じて待つしかない。

少し寂しいことには慣れている。お手玉のように寂しさを弄《もてあそ》びながら、真阿は縫い物をしたり、帳簿の付け方を習ったり、三味線の稽古《けいこ》に行ったりする。

絵も描く。見つかっても怒られないような猫や子犬、庭の菊の花などを。

なにもかも、暇つぶしにしか思えない。だが、それが恵まれているということなのだろう。

半月ほどして興四郎は帰ってきた。白い皮膚は赤黒く日焼けしていた。土産と言って差し出したのは、木で出来た簡素な人形だった。

子供への土産みたいだと思ったが、自分にはまだこの人形がちょうどいいのかもしれないとも思った。

「どこに行っていたの？　あの夜鷹御前の絵に関わりがある？」

そう尋ねると、興四郎は目をわざとらしく見開いた。

「やれやれ、お真阿殿は勘がいいな」

そのくらい見当がつく。見くびらないでほしい。

「夜鷹御前が誰なのか、少し調べてきた」

「誰だったの？」

そう尋ねると、興四郎は言いよどんだ。

「隠さないで。ちゃんと教えて」

お土産は人形でかまわない。だが、嘘をつかれたくはないし、いる人をいないことにはしたくない。

「なぜ、夜鷹御前が生まれたのか。なぜ、日陰者が殿様のお抱え絵師に姿絵を描いてもらうことになったのか。調べるのには、少し骨が折れた。殿様の縁《ゆかり》の者もいたが、みんな真実を隠したがっていた。もう、守るべき家もないし、殿様もいないのにな」

興四郎は歯を使って手甲を解いた。そして言う。

「蛭沼が仕えていた殿様は、川まわりに集う夜鷹たちのことをよく思っていなかった。なんとかして、一掃したいと思っていた。そして、その側近が、ひとりの夜鷹に目を付けた。元は武士の娘で、父親が大名に仕えていたこともあったという。家を再興し、弟を武士に戻してやるという約束で、仕事を言いつけた」

興四郎は少し口ごもってから言った。

「川まわりの夜鷹たちを一掃するという仕事をな」

単に出て行けと言えば済むようなことではない。仕事がないから、夜鷹たちはそこに集っている。

つまりは、荒っぽい手段を使ったというわけだ。

「殺したの？」

真阿がそう尋ねたことに興四郎は驚かなかった。静かに目を閉じて頷いた。

「ああ、鳥鍋《とりなべ》を振る舞うと言って、毒草を食わせたらしい。翌朝、夜鷹たちは、川で折り重なって死んでいたという」

その誉れとして、描かれたのが、夜鷹御前の絵なのだろうか。

真阿は気づいた。

「ねえ、夜鷹御前は、本当に仲間の夜鷹に復讐《ふくしゅう》されたの？」

殺したのは、殿様に近いものではないのか。そんな気がした。夜鷹を殺してでも一掃したいと思った人間が、夜鷹に誉れを与えて、その身内を武士として迎え入れるだろうか。

そう言うと興四郎は少し目を細めた。

「俺もお真阿殿と同じ意見だ。殿様が言いつけて、夜鷹を殺させたとなれば、外聞も悪い」

真阿は絵の中の夜鷹御前を思い出した。美しく妖《あや》しく、誇らしげで、そのあと自分に起こる運命すら知らない。偽りの誉れに胸を張っていた。

真阿は興四郎に尋ねてみた。

「夜鷹御前の名前はわかった？」

興四郎は首を振った。

「いいや、わからない」

見捨てられた者は、名前すら残らない。

ただ、描かれた絵だけが絵師とふたりで、どこかを旅している。

筆のみが知る

興四郎が病になった。

熱を出したから、しばらく絵は教えられない。感染《うつ》ってはいけないから、二階の興四郎の部屋にも近づいてはならないと言われた。

身体が大きく、いつも血色のいい興四郎のことだから、すぐに治るだろうと思っていたのに、いつまで経っても熱は下がらない。

しの田は客商売だから、流行病《はやりやまい》でも出たら大変だ。真阿が三味線のお稽古《けいこ》に行っている間に、興四郎はどこかに連れ出されてしまった。

なんてひどいことを、と、真阿は希与に訴えたが、聞いてはもらえなかった。

「別に寒空に放り出したりしていませんよ。旦那《だんな》様の遠縁の方が、空いている離れを貸したがっていたから、そこを借りて、養生してもらうことにしました。その家の人も様子を見てくれているし、うちからも毎日使いをやって、看病しています。むしろ、うちは夜遅くまで騒がしいのだから、静かなところでゆっくり身体を休めた方がいいに決まってます」

そうきっぱり言われては、どうしようもない。

ただ、駕籠《かご》に乗せられていく興四郎を見たお関は、こんなことを言った。

「あんなに立派な体つきだったのに、なんだかひどく小さく見えて、驚きました」

それを聞いただけで、泣き出したくなる。

離れがひっそりと静まる昼下がり、真阿は階段を上がって、興四郎の部屋に向かった。

このあいだまでは窓も障子も締め切られていたのに、今はがらりと開けられて風の通り道になっている。文机《ふづくえ》の上もきれいに片付けられ、興四郎の痕跡《こんせき》すら残されていないようだ。

興四郎がいつも着ていた綿入れなどもないが、それは療養先に持って行ったのだろう。

部屋の真ん中に座って、真阿は祈る。興四郎が早く帰ってきますように、と。

いつかは興四郎がしの田からいなくなることは覚悟していた。だが、にっこりと白い歯を見せて、「じゃあな」と言って、出て行ってしまうのだと思っていた。それならば、まだ受け入れられるけれど、病でどこかに行ってしまうことになるなんて、想像もしていなかった。

このまま、もし興四郎が帰ってこなければ、どうすればいいのだろう。

わかっている。真阿にはどうすることもできないし、どうやったらそれを防げるのかということもわからない。

自分が無力だと思うことが、なによりもつらいのだ。


思えば、少し前から興四郎の様子はおかしかった。

夏が終わり、秋風が吹きはじめるあたりから、また無口になり、なにか考え込んでいる時間が増えた。真阿が訪ねていくと、いつもの優しい顔で笑ってくれるけれど、それでもどこか普段とは違う気がした。

まるで興四郎の身体だけ、ここに残して、中身はどこか遠いところにあるようだ。

そう真阿は思ったのだ。

興四郎なら、そんなこともできるのかもしれない。

重い身体は、座敷に置いたまま、魂だけふらふらと旅に出る。魂なら、飯も食わなくていいし、宿賃もかからないだろう。どこまででも、どこまででも、遠くまで行けるのかもしれない。

そんなふうだったから、真阿もしばらく興四郎の部屋を訪ねることはやめていた。

だから、いつから興四郎が寝ついたのか、はっきりとは知らないのだ。

ある日、部屋を掃除にきた、女中のお光が言った。

「居候さんの具合が悪いようですから、お嬢様は二階へ行かないようにと、おかみさんからの伝言です」

驚いて、もう少しで手元の針で指を刺すところだった。

「興四郎が？　いつから？」

「さあ……数日前から、お食事を召し上がらないので、気にはなっていたのですが、絵を描いているからしばらく放っておいてほしいとおっしゃっていました。ですが、昨日、男衆が階段で座り込んでしまっている興さんを見つけて、声をかけたらどうやらひどい熱で」

縫い物を投げ出して、立ち上がろうとすると、お光に諫《いさ》められた。

「ですから、お真阿様は行ってはなりません。もし、流行病だったらいけませんから」

「だって、心配だもの」

「心配だからといっても、お真阿様になにができるわけでもありませんでしょう。ちゃんとお医者様もお願いして、今日中にはきてもらえることになっています」

真阿は渋々座り直して、羽織を引き寄せた。

ようやく袷《あわせ》が上手《うま》く縫えるようになったから、この冬は興四郎に羽織を仕立ててあげようと思っていたのだ。いつも、どこで買ってきたのかわからないような派手な柄の古着ばかりを着ている。すっきりした柄を着れば、男ぶりももう少しあがるかもしれない。絵を教わっている礼に、なにか贈りたいとずっと思っていた。

だが、興四郎の身体に合うような反物はどこで売っているのだろう。裄《ゆき》をせいいっぱい出したって、興四郎の身体には小さすぎる。そんなことを考えて、楽しい気持ちでいたのだ。

居候させてもらっていることを思えば、たまに絵を教えるくらいは大したことではないと、興四郎は言っていたが、それは真阿の手柄ではない。

医者がくると聞いて、少しほっとしたが、それでも胸がざわざわとする気がした。しばらく興四郎の部屋を訪れなかった悔恨かもしれない。

医者の見立ては、過労だろうということだった。

少し根を詰め過ぎたのだろう。数日間、寝る間も惜しんでずっと絵を描いていたそうだから。滋養のあるものを食べて、ゆっくり休めばすぐに治る。

お関を通してそう聞いて、真阿も胸をなで下ろしたのだが、そう簡単にはいかなかった。

興四郎は相変わらず、食が進まぬまま、熱もいっこうに下がらないという。五、六日、その状態が続き、医者にも様子がわからぬということで、二階を出て、よそで療養することになってしまった。

興四郎が二階にいたときなら、こっそりと会いに行くことができた。言いつけを守って、我慢していたのに、とうとうどこか知らないところに連れて行かれてしまった。

そんなことなら、言いつけなど守らなければよかった、と、真阿は腹を立てた。

希与や善太郎が、真阿を心配して会ってはいけないと言っていることは知っている。だが、お光やお関や、他の女中は興四郎の看病に交替で出かけている。

自分だけが、会ってはならないと言われていることは不公平だ。それが病が感染らないようにという理由なら、お光や関は感染ってもいいということになり、それもまた胸が痛む話だ。

それに、もしこのまま興四郎が帰ってこなかったら、真阿はどうすればいいのだろう。

そんな嫌なことは考えたくないけれど、ひどいことは考えなくても起こるし、人はいつどうなってしまうかわからない。真阿はそのことを痛いほど知っている。

真阿は、三味線の稽古《けいこ》の帰りに、少し遠回りをして、近くの神社にお参りをして帰ることにした。

理由は言わなかったが、付き添いのお関も理由を尋ねずに一緒に、長い階段を上った。

手を合わせて、興四郎が早く帰ってくるように、と願う。帰ろうとしたとき、宮司らしき人が、こちらを見ていることに気づいて、お辞儀をした。

宮司もうやうやしく頭を下げた。

宮司の視線に、かすかな違和感を覚えたが、すぐに彼は立ち去ってしまった。

きっと真阿が誰かに似ていたのだろう。

その夜、真阿は女の人の夢を見た。

女は絵を描いていた。大きな紙を畳一面に広げ、どこか血走ったような目で、一心に筆を動かしていた。たすき掛けをして、背中には、赤ん坊が眠っていた。赤ん坊の白い、ふっくらとした顔にはどこか見覚えがある気がする。

女が描いているのは、不動明王《ふどうみようおう》だった。明王の姿はすでにできあがり、今は背後に炎を描いているところだ。

赤の絵の具がさっと掃かれるたびに、ぱちぱちと火花が爆《は》ぜるようだ。

女は怒っていた。そう真阿には感じられた。怒り続けていた。

一日や二日ではない。何年も何年も、この人は怒り続けて、その怒りを絵に吐き出してきたのだ。

背中の赤ん坊が泣きだした。それでも女は描き続ける。額には汗が滲《にじ》んでいる。まるで自らも業火に焼かれているように。

しばらく経って、ようやく女は筆を置き、背負った赤ん坊を下ろして胸に抱いた。一瞬だけ、怒りは消えた。

赤ん坊は泣き疲れて眠っていた。

真阿は身体を起こして、ためいきをついた。なんだか眠る前よりも疲れてしまったような気がする。

はじめて見る女の人だった。なのに、なぜか知っている気がした。

女の顔を知っているわけではない。彼女の怒りの、その火種のようなものを知っているように思ったのだ。

女はもう十年以上、怒り続けていた。その小さな火種が、真阿の中にも存在している。

ふいに気づいた。

もしかしたら、真阿も怒っていたのかもしれない。

本当の母様《かか》と父様《とと》、兄様を無惨に殺されたこと、記憶は恐怖で混乱していても、怒りはずっとくすぶり続けていたのかもしれない。

真阿の家族を殺した男は死刑になったと聞く。だから、真阿の怒りをぶつけるべき相手は、もうこの世にはいない。

それでも真阿は怒っている。怒ってもいいのだと、やっと気づく。

大事なものを、理不尽に奪われてしまったことを。


その翌日、朝から希与が真阿を呼びに来た。

「ちょっと、お真阿に手伝ってもらいたいんやけど」

「なあに」

「火狂さんの絵を見てほしいんよ」

そう言われて、真阿は希与と一緒に、興四郎の部屋に向かった。

「興四郎の具合は？」

「昨日、ちょっと顔を出してきて、お医者様にも話を聞いたんやけどね。今のお医者様にはなにが悪いのか、ようわからへんらしいのよ」

「悪いの？」

「なんや、寝たり、起きたりらしいわ。熱も、一日下がったかと思えば、次の日には出たり。食も進まへんようやし……」

心配で胸が押し潰《つぶ》されそうになる。

「もちろん、火狂さんは身体も大きくて、がっしりしてはるし、すぐにどうこうなるというわけではないと思うけど、心配やし、ええお医者さんに診てもらおうかと思うてね。そう火狂さんに言うたら、絵を売って、医者代にしてくれとのことでね。お真阿なら火狂さんの絵をよく見ているから、どれやったら売ってええか、わかるかと思うて」

「どれを売っていいのかなんてわからないよ」

「一応、押し入れにある自分の肉筆画なら、どれでも売ってくれてかまへんと、火狂さんは言いはったけど、できたら、なるべく、新しいものを売ってほしいそうよ」

それならば、問題はない。興四郎の絵はだいたい見せてもらっているから、しの田にくる前に描いたものか、最近描いたものかは、すぐにわかる。

希与は、興四郎の部屋に入ると、懐紙で顔を扇《あお》いだ。

「なんでやろうね。開け放してるのに、いつまでも空気が淀《よど》んでいるような気がするわ」

絵を仕舞っている押し入れを開けると、紙と絵の具の匂いがした。一枚の絵を見るときには、紙の匂いも絵の具の匂いも感じない。だが、何十枚もが締め切られた中にあると、たしかに匂うのだ。

希与は、絵の束を押し入れから出した。いくつかは、途中で手を止めたものか、さらさらと筆を遊ばせただけのようなもの。もちろん、欲しがる好事家もいるかもしれないが、興四郎はたぶん、こういうものを売れとは言わないだろうと、真阿は思う。

表装されているものは、だいたい、しの田にくる前のものだ。それをよけ、新しそうな絵を手に取った真阿は、息を呑《の》んだ。

描かれているのは、筆を持った娘の姿だった。

一瞬、夢に出てきた女かと思った。よく似てはいるが、興四郎の絵の方がずっと若い。

髪だって桃割れに結われている。

絵の中の娘は怒っていない。表情は真剣そのものだが、筆を動かし、なにかを描く喜びに取り憑《つ》かれているようだ。

真阿がそれを見ていると、のぞき込んだ希与が言った。

「きれいな絵ねえ……いつもこういうのを描けばいいのに」

希与はいつも、興四郎の絵は怖いから好きではないと言っていたのだ。たしかにこの絵は少しも恐ろしくはない。

だが、火狂の絵で、高く売れるのは、こういうものではなく、幽霊絵だ。打ち掛けを着た夜鷹《よたか》の絵を見つけた。これは、最近描いたものだ。真阿も、この絵を見せてもらったことがある。

薄暗い川縁《かわべり》に裸足《はだし》で立ち、恨みがましそうな顔で、こちらを見ている。ただの絵だということはわかっているのに、その目に吸い込まれそうになる。

「この絵だったら、新しいと思うけれど」

それを見せると、希与はあからさまに嫌な顔をした。

「おお、怖……。こんな絵がいいのかねえ」

だが、この絵が怖いのは、興四郎が上手いからだ。真阿など、怖く描きたいと思っても、少しも怖くならない。

「興四郎の絵は、怖いほど欲しがる人が多いと聞くよ」

他にも二枚ほど、最近描いた幽霊の絵を選び出す。どこに売りに行けばいいかは、希与が興四郎から聞いていた。

「興四郎には会えないの？」

不満を隠さずに、そう訴えると、希与は真阿の頭を撫《な》でた。

「大丈夫。もうすぐに帰ってきますよ」

そう聞くと、少し安心はできたが、どこかごまかされたような気もしなくはない。

また絵を描く人の夢を見た。

こんどは若い娘だ。十三か十四くらいだろうか。粗末な着物は、あちこち繕われていて、布地も薄くなってしまっている。

昨日見た夢の女の人によく似ているけれど、彼女の顔は明るい。

それで気づいた。興四郎が描いた娘だ。

夢を見るような顔で、筆を走らせている。筆先から生み出されるのは、美しい女形役者。

本当の女でないことは、紫の小さな帽子でわかる。

昔、舞台に立つ役者は、月代《さかやき》を剃《そ》り上げなければならないという決まりがあり、女形は月代を隠すために紫の布をかぶった。

いつの間にか、それが女形の色気の象徴のように扱われるようになったということは知っている。

今は月代を剃る必要はないが、それでも女形は紫の帽子を身につける。

月代を剃るように言われたのは、色香で客を惑わさないようにするためなのに、いつかそれがまた別の色香を生む。

人とは不思議な生き物だ。

そんなことを考えていると、引き戸が開いて、顔の赤い痩《や》せた男が入ってきた。娘は顔を上げて笑った。

「父ちゃん、見て」

娘は描き上げた絵を持ち上げて見せた。その瞬間、男の顔色が変わった。

恐怖と怒りと、そして絶望が入り交じったような顔だった。


目覚めて身体を起こす。喉《のど》がひどく渇いていて、水差しの水を飲んだ。

昨夜《ゆうべ》の夢に出てきた女の人と、さきほどの娘は同じ人なのだろうか。顔はとてもよく似ていた。

夢みるように役者の絵を描いていた娘が、いつの間にか怒りを胸に押し込めて、不動明王を描くようになったのか。

夢のつじつまを考えてみても仕方ないのに、真阿の頭からはふたりの顔が離れないのだ。

いつもの夢ならば、目覚めたときから、現実のあわいに滲むように消えていく。なのに、ふたりの顔は、起きているときに見たように、はっきりと覚えている。

興四郎に聞けば、なにかわかるかもしれない。興四郎はあの娘を描いている。

なんとか会うことはできないだろうか。

真阿はもう一度眠るために布団にもぐり込みながら、考え続ける。


翌日、真阿は二階にひとりで上がった。もう一度、あの娘の絵を見たいと思ったのだ。

窓はまだ開いていた。さすがに少し肌寒いが、閉める気にはならない。希与が昨日言ったように、この部屋の空気はどこか重く淀んでいる。

興四郎がいたときは、そんなことを感じたことはなかった。使っていない部屋の空気は、たとえ窓を開け放していても、濁るものなのかもしれない。

押し入れを開けて、絵の束を取り出す。筆を持った娘の絵は、昨日仕舞うときにいちばん上に置いた。

残りの絵を戻そうとしたとき、押し入れに一本の筆が落ちていることに気づいた。

不思議に思う。興四郎の筆ならば、使った後、吊《つ》り下げて乾かされているか、引き出しの中で布に包まれているか、どちらかだ。

真阿はその筆を拾い上げた。細い線を描く小筆だが、すっかり穂先が潰れて、広がってしまっている。

洗って糊《のり》で固めれば、また小筆として使える。穂先が潰れたままにしておくなんて、興四郎らしくない。紙などは、そこらに散らかしておく興四郎だが、いつも筆だけは大事にしていた。

古い筆だった。軸の竹もすでに黒ずんでいる。もう使い潰されて、筆としては使い物にならないのかもしれない。

ならば、どうしてこんなところに放ってあるのだろう。大事な筆ならば、布にも包まずに押し入れに置いてあるはずはない。

真阿はそれを手にとったまま、しばらく考え込んだ。

この部屋にあるから、これは興四郎のもので、人のものを勝手に持ち出すのはいいことではない。

だが、どうしても真阿はそうしたい。そうせずにはいられない。

この筆がそうしてほしがっている気がするのだ。

神社の階段を上がっていくと、宮司が落ち葉を掃いているのが見えた。

宮司の方も真阿に気づいて、頭を下げる。

「近いうちにまたいらっしゃると思っていましたよ」

宮司は、箒《ほうき》を柵《さく》に立てかけてそう言った。真阿がどんな用件で訪ねたかも知っているような顔だった。

だから、安心して切り出せた。

「こちらで、筆の供養をしていただくことはできますか？」

「お預かり致しましょう。特に歳事としては行っておりませんが、弔うことはできます」

弔うという言葉を聞いて、ようやく気づく。

筆は生き物の毛で作られている。馬だとか、狸の毛だとか、聞いたことはあったが、筆を使うときに、考えたことはなかった。馬ならば、たてがみや尻尾《しっぽ》の毛をもらうことはできるかもしれないが、狸の毛は、少しだけ分けてもらうことなどできないだろう。

宮司はうやうやしく、筆を受け取った。

少しだけ残っていた疚《やま》しい気持ちが消えるようだった。興四郎にはあとで謝ればよい。

もしかしたら、誰か大事な人の形見かもしれないが、この筆が弔ってほしがっているのだ。

宮司は、顔を上げて言った。

「水を供えると良いと思いますよ」

「水を？」

「ええ、もういない人のためにも。そして今悔やんでいる人のためにも。社の裏手に井戸があり、良い水が汲《く》めます。汲んでまいりましょう」

もういない人が誰かわからない。なにを悔やんでいるのかも、真阿は知らない。だが、悔やんでいるのは、たぶん興四郎だ。

宮司が竹筒に汲んできてくれた水を、真阿は持って帰った。

湯飲みに入れて、興四郎の部屋に置くと、ふっと空気が軽くなった気がした。

もうこの世にいなくなった人でも、気遣われるとうれしいのなら、今生きている人はなおさらだろう。

真阿はそう思いながら、部屋の襖《ふすま》を閉めた。

興四郎の熱が下がったという話は、お光から聞いた。

希与に、会いにいっていいかと伺いを立てて、ようやく許しをもらった。

興四郎が療養しているのは、北浜《きたはま》にある親戚《しんせき》の家だった。

火のような色に染まった紅葉《もみじ》が、庭にある大きな家で、次男と三男が続けて養子に行き、離れを遊ばせているのだと、道すがら、お関に聞いた。

お見舞いには、大きな梨を持ってきた。冷やせば、熱に疲れた身体でもおいしく食べられるだろう。

黒塀の屋敷から、真っ赤な紅葉が顔を覗《のぞ》かせていた。いくつも紅葉の木があるのか、幾重にも赤い葉が重なるようで、たしかに燃えているようだ。

母屋の親戚に挨拶《あいさつ》をしてから、興四郎のいる離れに向かった。

興四郎は布団の上に起き上がっていた。

障子も引き戸も開け放して、風が通るままにしている。

真阿に気づいて目を細めて笑う。

「お真阿殿か。わざわざすまねえな。お真阿殿がくるなら、髪結いでもきてもらっておくのだった」

大きな身体が一回り縮んだように見えるが、思ったよりも顔色はいい。真阿は尋ねた。

「寒くないの？」

「いや、ずっと閉じこもっていたから、風を受けてる方が気持ちがいいんだ」

真阿は布団のそばに正座した。

「興四郎の部屋で、古い小筆を見つけた。穂先が潰れて広がって、もう使えないように見えた」

興四郎は少し驚いたような顔をした。

「お真阿殿が見つけたのか。失ってしまったのだと思っていた」

「勝手にそんなことをするのは悪いと思ったけれど、神社で供養してもらった」

興四郎の目が見開かれた。そして閉じられる。

「ああ、そうか。そりゃあ、姉さんも喜んでいるだろう」

ためいきをつくような声でそう言った。

「姉さん？」

初めて会ったとき、興四郎に姉がいたという話は聞いた。

「興四郎の絵を見た。桃割れに結った女の子が、絵を描いていた。あれは、興四郎のお姉様？」

興四郎は静かに頷《うなず》く。

「そうだ。五つ年上だった」

「絵が好きだったの？」

「ああ、絵が好きで、しかもべらぼうに上手かった。姉さんのように描きたいといつも思っていた」

だとしたら、真阿が夢で見た、不動明王の絵を描く女の人は、興四郎の姉が年を重ねた姿なのだろうか。

そう考えて気づく。興四郎の姉は、吉原で胸を患って死んだと聞いたはずだ。姉は他にもいるのだろうか。

「お姉様は、何人いらっしゃったの？」

真阿がそう尋ねると、興四郎は眉《まゆ》を寄せた。

「ひとりだ。名はお筆《ふで》」

「じゃあ、あの絵の人が胸を患って亡くなったという……」

「ああ、年季が明けたら、今度こそ絵を描いて暮らすのだと、手紙にはそればかり書いていた。そんな日など来なかったのにな……」

真阿は、不思議に思っていることを尋ねる。

「じゃあ、お姉様に似ていて、赤ん坊を背負って、不動明王の絵を描いていたのはいったい誰なの？」

真阿のことばを聞いた興四郎の顔色が変わった。

「なぜ、その人を知っている」

「夢の中に出てきた。怒っていた。ずっと何年も怒り続けていた」

興四郎は、手で顔を覆った。

「それは俺の母だ」


興四郎の母は絵師の娘だったという。

「腕もあった。だが、俺の祖父は娘に跡を継がせなかった。祖父の弟子の中で、腕のいい男を婿に取り、その男が跡を継いだ。その男が俺の父親だ。認めたくはないがな」

だが、興四郎の祖父である絵師が亡くなったとたん、興四郎の父の筆は荒れ始めた。

「母の方がずっと腕が良かった。祖父の仕事の中にも、母の手によるものがかなりあったらしい。親父は弟子たちの中では、いちばん腕が良かったが、どうやっても母には敵《かな》わなかった。だから、親父は酒と博打《ばくち》に溺《おぼ》れ、絵を描くことから逃げた。代わりに母がずっと描き続けた。親父の名前でな」

ああ、と、真阿は思う。だから夢の中の人は怒っていたのだ。何年も何年も、自分の上にのしかかり、自分からなにもかも奪おうとしてくるものに対して。

「一度、頼まれて不動明王の絵を描いたら、その評判が良く、他にも欲しいという客がたくさん現れ、何枚も描くことになったという話は姉さんから聞いた。その時期、俺はまだ小さかったから、実際には見たことがない。いや、見てはいたのだろうが、覚えてはいない」

女の人が背に負っていたのは、興四郎だったのかもしれない。

「親父はほとんど家には帰らない。子供の面倒を見ながらでは、男の絵師たちのように速く描くことはできない。作業工程が多いが、実入りのいい錦絵《にしきえ》の仕事は、少なくなっていった。それでも、働かない夫に代わって、家族を養わねばならねえ」

興四郎の母はひたすら、描き続けたのだろう。

「俺が七つの時、母は死んだ。疲れたといって、寝ついて、たった十日ほどで死んじまった。人間なんてあっけないものだと思った」

興四郎の父は、また絵を描き始めたが、すでに腕は落ち、売り物になるようなものは描けなかった。仕方なく、方々へ借金をして、後は船宿で荷運びなどをして働きながら、なんとか子供たちを食わせようとした。

「その頃の親父のことは、そんなに嫌いではなかったよ。少なくとも一生懸命働こうとしていた。その姿を見た、祖父の門弟たちも、いろいろ手助けをしてくれた。親父の兄弟子から、俺と姉さんは絵を教わった。兄弟子はその頃、役者絵で売れていたから、俺たち姉弟を芝居見物にも連れて行ってくれた。夢中になって観たよ。俺はまだ子供だったし、ときどき眠くなってしまったが、姉さんが真剣な顔をして、舞台を凝視していたことは覚えている」

興四郎は、庭の紅葉に目をやった。

「あの頃が、そのまま続けばいいと思っていた。母は戻らなくても、親父を憎まなくてよかったから」

だが、そうはならなかったのだ。

「姉は絵が上手かった。細い筆で、さらさらと役者の顔を描いていた。俺はどうやっても姉のようには描けなくて、よく癇癪《かんしゃく》を起こした。姉の小筆を盗んだこともある。同じ筆を使えば、うまく描けるような気がしてな。それが、あの小筆だ。返しそびれたまま、謝ることもできずに、それでもどうしても捨てられなかった」

失くなった小筆の代わりは、兄弟子が買ってくれたのだという。

「あるとき、姉さんは真剣な顔で、役者の絵を描いていた。何度も何度も描き直して、ようやく会心の一枚が描けたのだろう。俺にも見せてくれたが、大人が描いたように上手かった。荷運びの仕事から帰ってきた親父に、姉はその絵を見せた」

興四郎の声が苦しげに詰まる。

「姉さんは、親父に褒めてほしかったのだと思う。自分にも絵が描ければ、母のようにそれを仕事にすることができる。それで親父を楽にしてあげられる。姉さんはそう言っていた。だが、その絵を見た親父の顔からは血の気が引いた」

その日、はじめて興四郎とお筆は、父親に殴られたという。これまで、どんなに荒れていても、子供たちに手を上げることはなかったのに。

「親父は、顔を歪《ゆが》めて言った。おまえたちまで、俺を馬鹿にするのか、と」

その翌日、興四郎の父は、お筆を吉原に売る算段をつけてきた。そして、もう働こうとはしなかった。

「ようやく俺にもわかった。親父は、母を働かせ、その金で酒を食らい、賭《か》け事をしながら、母を恨み続けてきたんだ。自分より絵が上手い、ただそれだけの理由で……。自分は絵から逃げたのに」

敵わないと思ったから逃げ、逃げたから、永久に敵うことはなくなり、その相手を恨む。陰鬱《いんうつ》で、誰も幸せにしない感情だが、そういう思いを持つ人がいることは、真阿にも少しだけわかる。

「姉は、親父を助けたかったのだけど、親父にとっては、自分の娘に自分以上の才能があると知るのは、耐えがたいことだったんだろう。親父はまた逃げた。最悪の方法で」

廓《くるわ》に売られてしまえば、絵を描き続けることはできなくなる。それで、心が安らかになるのだろうか。お筆を知らぬ真阿でさえ、怒りを感じた。

「姉さんは売られ、親父はその金でまた酒浸りになった。俺は、姉を売った金で生きることに耐えられなくなり、兄弟子のところに逃げ込んで、世話になることにした。

親父はそこから一年ほどして、酔って川に落ちて死んだ。年季が明けたら、帰ってくると信じていた姉も、帰ってくることはなかった。姉が売られた置屋は、冷酷で、飯すら満足に食わせなかったという。ひでえ話だ」

目を覆いながら、興四郎はつぶやいた。

「姉さんは俺を恨んでいるのだろうな」

「そんなはずはないよ」

真阿はお筆のことは知らない。だが、お筆が弟を恨むはずがない。自分以上に無力な存在を恨んだって仕方がない。興四郎が恨まれていると感じるのは、なにもできなかったという悔恨のせいだ。

お筆も、興四郎の母親も、なにかに怒り、なにかを恨みながら死んでいったのは確かだろう。父であり、夫であり、そして形はないが、この世にはびこり、自分たちを逃がしてくれないなにかのことを。

両親や兄を殺した男が死刑になっても、真阿の怒りが完全に消えてしまわないのと同じだ。

興四郎はようやく手を下ろして、真阿の顔を見た。

「それでも、お真阿殿に筆を供養してもらってよかった。姉さんもそれは喜んでいるだろう」

「どうして？」

真阿がお筆を知らないように、お筆も真阿を知らないはずだ。

興四郎は少しだけ笑った。

「姉さんが夢中になって見ていた、贔屓《ひいき》の役者は中村卯之助だった」

それは、陰惨な事件の犠牲になって死んだ、真阿の父親の名だ。

終幕

居心地がいいのも考え物だ。

こんなにひとつの場所に長居したのは、子供のとき、家を出て以来かもしれない。

出て行こうかと、何度も思った。出て行くべきだとさえ思っている。

しの田の人々は、必要以上に興四郎に関心を持たないし、気を遣うこともしない。ただひとり、娘の真阿だけが、よく興四郎の部屋にやってきて、話をしたり、絵を習ったりする。

真阿に慕われていることがうれしいのは確かだが、真阿がいるから、出て行かないというわけではない。

真阿は興四郎を慕っているが、興四郎がいなくても困ることはないだろう。出て行けば寂しがるだろうが、それでも何年かして、また立ち寄れば、大人になった真阿に会えるはずだ。

なにが自分をここにつなぎ止めているのかわからないまま、興四郎は料理屋の二階の静かな部屋にいる。

姉だったのかもしれないとは思うが、姉は興四郎をどこかに縛りつけたりなどしないとも思う。

ずいぶん、体調も良くなった。

風呂《ふろ》屋にも毎日通うようになり、ようやく自分が自分に戻ったような気持ちになったところだ。

夕方、一風呂浴びて、しの田に戻ったとき、屋根に赤い振袖《ふりそで》が見えた。

その女形役者は、最初にしの田を訪れた日から、ときどき見かけた。玄関に座っていることもあれば、廊下に立っていることもある。

真阿の近くで見たことも何度かあったが、次第にその回数は減っていった。

今はそれが卯之助だということはわかっている。

今日は屋根にいるのか、と、思ったが、ふと妙な気がして、もう一度目をやる。

そこにあるのは振袖だけだった。

赤姫の振袖だけが、屋根に引っかかるように風に揺れている。

思いは少しずつ薄れていく。生きているものだって同じことだ。

興四郎は思った。

あの振袖が消えるまでは、ここにいよう、と。

解説

朝《あさ》宮《みや》運《うん》河《が》（書評家・ライター）

大阪は新町の大きな料理屋・しの田。もとは揚屋だったというこの店の奥まった座敷に、十四歳になる真阿の部屋はあった。主人夫婦の一人娘である真阿は、十二歳の時に胸を病んでいると診断され、一日のほとんどをその座敷で過ごしている。

そんなある日、しの田に旅の絵師が居候することになった。火狂という雅号をもつその絵師（本名は興四郎）は、世にも恐ろしい絵を描くことで知られており、真阿の母・希与などは気味悪がっている。

しかし真阿はこの居候に好奇心を抱き、両親や使用人たちの目を盗んで、二階の座敷へと忍んでいく。そのささやかな冒険が、彼女の人生を変えるきっかけとなるとは知らずに……。

本書『幽霊絵師火狂　筆のみが知る』は、近藤史恵《こんどうふみえ》が二〇二二年六月に上梓《じょうし》した連作集の文庫版である。八編の収録作は雑誌『怪と幽』に二〇一九年から二一年にかけて、「幽霊絵師火狂」のシリーズタイトルで掲載された。

明治《めいじ》初期の大阪を舞台に、さまざまな事件に遭遇した真阿と火狂が、その背後にある真実を探り出していく本書は、ミステリを通じて人生の断片を描く著者の手腕がいかんなく発揮された魅力的なシリーズになっている。と同時に、本書は優れた怪異譚《たん》、幻想譚でもある。幽霊絵を得意とする火狂には、人には見えないものを見るという特殊な力があり、それが事件解決の手がかりとなったり、物語にファンタジックな展開を付け加えたりもする。ミステリと怪談、ふたつの色を巧みに配することで、本書はよりカラフルかつ陰影に富んだものになった。

本書のページをめくるとまず眼前に広がるのは、三味線や呼吸の音や男女の笑い声に包まれた、賑《にぎ》やかなしの田の情景である。この時代の料理屋といえば、単に食事をする場所ではなく、歌や踊りを身につけた芸妓《げいぎ》との酒席を楽しむ空間だった。大人の男女が笑いさざめき、店の者たちが忙しく立ち回る旧遊郭の料理屋。そんな喧噪《けんそう》の中にあって、真阿のいる座敷だけは時が止まったように静まりかえっている。

療養中の彼女にとって、気晴らしといえば草双紙や錦絵を眺めること。そしてその真上の部屋には、女中お関の言葉を借りるなら「勧進相撲の力士みたいな」、色白で体の大きな絵師が居候している。動と静、光と闇、日常と非日常の鮮やかな対比が、将来に不安を抱く真阿の心情を映し出すとともに、読者を懐かしくも胸躍るような奇譚の世界へと引き込んでいくのだ。

第一話「座敷小町」は真阿と火狂との出会いを描いたエピソードで、真阿が夜な夜な悩まされている火事の夢に隠された事実が、火狂によって明らかにされる。蔵に閉じ込められた真阿が、燃え上がる家屋を見つめる夢は何を暗示しているのか？　夢の中に現れる〝母様《かか》〟と、真阿の母親である希与の関係とは？　ちりばめられた大小の謎が一気に氷解する結末の数ページには、短編ミステリの妙味が詰まっているが、それ以上に目が離せないのは、火狂との交流によって確実に変わっていく真阿の姿だ。

そもそも真阿が火狂に興味を惹《ひ》かれたのは将来に悲観し、人形浄瑠璃《じょうるり》のように心中してくれる相手を欲していたからだ。しかし火狂の飾らない人柄と非凡な作品に触れ、そして自分を取り巻いていた人々の思いにあらためて目を向けることで、真阿の中からぼんやりした悲観主義は消えていく。死者を含む多くの存在に背中を押されて、〝座敷小町〟の真阿はそっと座敷の外へと足を踏み出していくことになる。

これ以降の七編でも、真阿の成長譚という縦糸を取り巻くようにして、幽霊や絵にまつわる多彩な謎が描かれていく。第二話「犬の絵」では、真阿は見慣れない黒犬の夢を見るようになる。ほどなく、火狂のもとに絵を引き取ってほしいという男が訪ねてくるが、男が絵を怖がる理由とは？　愛犬家として知られ、『シャルロットの憂鬱《ゆううつ》』など犬ミステリを数々手がける著者ならではの逸品。辛《つら》い事件の真相を、言葉を選びながら真阿に伝えようとする、火狂の姿も印象的だ。

第三話「荒波の帰路」では、旅先で火狂の絵を手に入れた男が、奇妙な体験をするようになる。花魁《おいらん》が描かれた錦絵の中から「帰りたい」という声が聞こえるというのだが……。「犬の絵」同様、心にずんと重いものが落ちるような事件を描いているが、それだけに結末に用意された展開には救われる気がする。

東京から大阪にやってきた火狂は、旅先で襖絵《ふすまえ》を描いたり、笑い絵（春画）を売ったりして収入を得ていたという。どこに行くのも自由で、紙と筆さえあれば生きていける火狂の生き方を、真阿は羨《うらや》ましく感じるが、筆一本で生きていくのは決して簡単なものではない。第四話「彫師の地獄」では、火狂の絵を錦絵に仕立てた彫師・蓬吉と、その弟弟子・利市の関係を通して、芸術のもつ恐ろしい側面が真阿に突きつけられる。

この連作を書き継ぐにあたって作者が心を配ったポイントのひとつは、真阿と火狂のほどよい距離感だろう。真阿は自分にはないものをもった火狂に惹かれ、火狂はそんな真阿を軽んじることなく、一歩引いたところから成長を見守る。二人は穏やかな信頼関係で結ばれてはいるが、恋愛関係に発展することはない。

暗い過去に囚《とら》われていた真阿にとって、これはとても重要なことだったはずだ。女中・お関の義弟がなぜ妻の死を悲しまないのかという謎を扱った第五話「悲しまない男」の一節にあるように、「家族でもなく、好き合った仲でもない、赤の他人」を信じることは、自分を取り巻く世界を肯定する第一歩に他ならないから。

第六話「若衆刃傷」は、振袖《ふりそで》を着た艶《あで》やかな若衆を描いた絵と、未解決の殺人事件とが複雑に絡み合うミステリ。さりげなく取り入れられた浄瑠璃や歌舞伎の要素が、物語をいっそう凄艶《せいえん》なものにしている。第七話「夜鷹御前」は、武家の奥方のような白い打ち掛けを着た夜鷹《よたか》の絵が、封印された悲劇を浮かび上がらせるという作品で、真阿は社会と人間心理の深淵《しんえん》をあらためて覗《のぞ》き込むことになった。

そして最終話「筆のみが知る」では、これまでほとんど語られてこなかった火狂の過去が、真阿がくり返し見るようになった絵を描く女性の夢をきっかけに明かされる。達観しているように見える火狂にも清算できない過去があり、それが真阿との交流によってほどけていく。悲劇の先にあるかすかな光、生者とともにある死者たちの思いを描いたところで、物語は一旦《いったん》の幕を下ろす。

読者として気になるのは、この先真阿と火狂の関係がどうなるのかということだろう。遠からず火狂はまた旅に出ることになり、二人には別れの時が訪れる。そして真阿はさらに広い世界へと羽ばたくに違いない。

明治初期といえばまさに文明開化の時代である。近代を生きる女性として真阿は学問を修めるかもしれないし、しの田を継ぐのかもしれない。あるいは火狂のように芸術家を目指すという道もあるだろう。いずれにせよ彼女が大人になる頃には、心優しい旅の絵師と過ごした日々は、きっと遠い記憶になっているはずだ。それは当然のことである。

最終話が近づくにつれ、真阿も火狂との別れについてしばしば思いを馳《は》せるようになる。「興四郎が出て行くと言ったなら、真阿は泣いて止めたりはしない。寂しい気持ちで見送るだけだ。／好きな人だからこそ、その人が自由であることを阻みたくはない」（「若衆刃傷」）。真阿がそう思えるようになったのは、火狂を介してさまざまな人生に触れ、大人に近づいたからだ。

いつかは終わることが約束された、つかの間の休息の時。本書がしみじみと胸を打つのは、全編に漂うこうした〝儚《はかな》さ〟の感覚に由来しているような気もする。

最後に本書が執筆された経緯について、簡単に触れておこう。二〇〇四年に創刊された怪談専門誌『幽』に牽引《けんいん》されたブームによって、平成《へいせい》後期には「怪談」がエンターテインメント文芸の一分野として大いに注目を集めた。

ミステリ系を含む多くの作家たちがこの時期怪談を手がけており、近藤史恵も魅力的な学校怪談『震える教室』（二〇一八年）を上梓している。『幽』の後続誌である『怪と幽』に連載された「幽霊絵師火狂」シリーズもそうした流れから生まれたもので、本書は平成後期以降巻き起こった怪談ルネサンスのよき遺産といえる。

怪談は決して恐ろしいだけのものではなく、声なき者の声を伝え、死者とともに生きる人の姿を描く文学でもある。火狂の恐ろしい幽霊絵が人気を博すのと同じように、怪談はいつの時代も私たちの心を楽しませ、慰撫《いぶ》してきたのだ。本書に収録された恐ろしくも切ない八編をお読みいただけば、そのことは十分に納得していただけるものと思う。

本書は、二〇二二年六月に小社より刊行された
単行本を加筆修正のうえ、文庫化したものです。
目次デザイン／坂詰佳苗

幽霊絵師火狂《ゆうれいえしかきょう》

筆《ふで》のみが知《し》る

近藤史恵《こんどうふみえ》

令和６年 ２月25日　初版発行

発行者●山下直久

発行●株式会社KADOKAWA
〒102-8177　東京都千代田区富士見2-13-3
電話　0570-002-301（ナビダイヤル）

角川文庫 24024

印刷所●株式会社暁印刷
製本所●本間製本株式会社

表紙画●和田三造

ISBN 978-4-04-113668-3　C0193

角川文庫発刊に際して

角　川　源　義

第二次世界大戦の敗北は、軍事力の敗北であった以上に、私たちの若い文化力の敗退であった。私たちの文化が戦争に対して如何に無力であり、単なるあだ花に過ぎなかったかを、私たちは身を以て体験し痛感した。西洋近代文化の摂取にとって、明治以後八十年の歳月は決して短かすぎたとは言えない。にもかかわらず、近代文化の伝統を確立し、自由な批判と柔軟な良識に富む文化層として自らを形成することに私たちは失敗して来た。そしてこれは、各層への文化の普及滲透を任務とする出版人の責任でもあった。

一九四五年以来、私たちは再び振出しに戻り、第一歩から踏み出すことを余儀なくされた。これは大きな不幸ではあるが、反面、これまでの混沌・未熟・歪曲の中にあった我が国の文化に秩序と確たる基礎を齎らすためには絶好の機会でもある。角川書店は、このような祖国の文化的危機にあたり、微力をも顧みず再建の礎石たるべき抱負と決意とをもって出発したが、ここに創立以来の念願を果すべく角川文庫を発刊する。これまで刊行されたあらゆる全集叢書文庫類の長所と短所とを検討し、古今東西の不朽の典籍を、良心的編集のもとに、廉価に、そして書架にふさわしい美本として、多くのひとびとに提供しようとする。しかし私たちは徒らに百科全書的な知識のジレッタントを作ることを目的とせず、あくまで祖国の文化に秩序と再建への道を示し、この文庫を角川書店の栄ある事業として、今後永久に継続発展せしめ、学芸と教養との殿堂として大成せんことを期したい。多くの読書子の愛情ある忠言と支持とによって、この希望と抱負とを完遂せしめられんことを願う。

一九四九年五月三日

角川文庫ベストセラー

震える教室　近藤史恵

歴史ある女子校、凰西学園に入学した真矢は、マイペースな花音と友達になる。ある日、ピアノ練習室で、2人は宙に浮かぶ血まみれの手を見てしまう。少女たちが謎と怪異を解き明かす青春ホラー・ミステリー。

みかんとひよどり　近藤史恵

シェフの亮二は鬱屈としていた。料理に自信はあるのに、店に客が来ないのだ。そんなある日、山で遭難しかけたところを、無愛想な猟師・大高に救われる。彼の腕を見込んだ亮二は、あることを思いつく……。

マタタビ潔子の猫魂　朱野帰子

地味な派遣OL・潔子は、困った先輩や上司に悩まされる日々。実は彼らには、謎の憑き物が！『わたし、定時で帰ります。』著者のデビュー作にしてダ・ヴィンチ文学賞大賞受賞の痛快エンターテインメント。

ドミノ　恩田陸

一億の契約書を待つ生保会社のオフィス。下剤を盛られた子役の麻里花。推理力を競い合う大学生。別れを画策する青年実業家。昼下がりの東京駅、見知らぬ者同士がすれ違うその一瞬、運命のドミノが倒れてゆく！

ユージニア　恩田陸

あの夏、白い百日紅の記憶。死の使いは、静かに街を滅ぼした。旧家で起きた、大量毒殺事件。未解決となったあの事件、真相はいったいどこにあったのだろうか。数々の証言で浮かび上がる、犯人の像は――。

角川文庫ベストセラー

チョコレートコスモス　恩田　陸

無名劇団に現れた一人の少女。天性の勘で役を演じる飛鳥の才能は周囲を圧倒する。いっぽう若き女優響子は、とある舞台への出演を切望していた。開催された奇妙なオーディション、二つの才能がぶつかりあう！

メガロマニア　恩田　陸

いない。誰もいない。ここにはもう誰もいない。みんなどこかへ行ってしまった――。眼前の古代遺跡に失われた物語を見る作家。メキシコ、ペルー、遺跡を辿りながら、物語を夢想する、小説家の遺跡紀行。

夢違　恩田　陸

「何かが教室に侵入してきた」。小学校で頻発する、集団白昼夢。夢が記録されデータ化される時代、「夢判断」を手がける浩章のもとに、夢の解析依頼が入る。子供たちの悪夢は現実化するのか？

雪月花黙示録　恩田　陸

私たちの住む悠久のミヤコを何者かが狙っている……！　謎×学園×ハイパーアクション。恩田陸の魅力全開、ゴシック・ジャパンで展開する『夢違』『夜のピクニック』以上の玉手箱!!

私の家では何も起こらない　恩田　陸

小さな丘の上に建つ二階建ての古い家。家に刻印された人々の記憶が奏でる不穏な物語の数々。キッチンで殺し合った姉妹、少女の傍らで自殺した殺人鬼の美少年……そして驚愕のラスト！

角川文庫ベストセラー

失われた地図　恩田　陸

これは失われたはずの光景、人々の情念が形を成す「裂け目」。かつて夫婦だった鮎観と遼平は、裂け目を封じることのできる能力を持つ一族だった。息子の誕生で、2人の運命の歯車は狂いはじめ……。

ホテルジューシー　坂木　司

天下無敵のしっかり女子、ヒロちゃんが沖縄の超アバウトなゲストハウスにて繰り広げる奮闘と出会いと笑いと涙と、ちょっぴりドキドキの日々。南風が運ぶ大共感の日常ミステリ!!

大きな音が聞こえるか　坂木　司

退屈な毎日を持て余していた高1の泳は、終わらない波・ポロロッカの存在を知ってアマゾン行きを決める。たくさんの人や出来事に出会いぶつかりながら、泳は少しずつ成長していき……胸が熱くなる青春小説！

肉小説集　坂木　司

凡庸を嫌い、「上品」を好むデザイナーの僕。正反対な婚約者には、さらに強烈な父親がいて――。（「アメリカ人の王様」）不器用でままならない人生の瞬間を、肉の部位とそれぞれの料理で彩った短篇集。

鶏小説集　坂木　司

似てるけど似てない俺たち。思春期の葛藤と成長を描く（「トリとチキン」）。人づきあいが苦手な漫画家が描く、エピソードゼロとは？（「とべ　エンド」）。肉と人生をめぐるユーモアと感動に満ちた短篇集。

角川文庫ベストセラー

角川文庫ベストセラー

校閲ガール　宮木あや子

ファッション誌編集者を目指す河野悦子が配属されたのは校閲部。担当する原稿や周囲ではたびたび、ちょっとした事件が巻き起こり……読んでスッキリ、元気になる！　最強のワーキングガールズエンタメ。

校閲ガール　ア・ラ・モード　宮木あや子

出版社の校閲部で働く河野悦子（こうのえつこ）。部の同僚や上司、同期のファッション誌や文芸の編集者など、彼女をとりまく人たちも色々抱えていて……日々の仕事への活力が湧くワーキングエンタメ第2弾！

校閲ガール　トルネード　宮木あや子

ファッション誌の編集者を夢見る校閲部の河野悦子。恋に落ちたアフロヘアーのイケメンモデル（兼作家）と出かけた軽井沢である作家の家に招かれ……そして社会人3年目、ついに憧れの雑誌編集部に異動に⁉

砂子のなかより青き草　清少納言と中宮定子　宮木あや子

「女が学をつけても良いことは何もない」時代、共に息苦しさを感じていた定子となき子（清少納言）は強い絆で結ばれる。だが定子の父の死で一族は瞬く間に凋落し……平安絵巻に仮託した女性の自立の物語。

ゆめこ縮緬　皆川博子

愛する男を慕って、女の黒髪が蠢きだす「文月の使者」、挿絵画家と若い人妻の戯れを濃密に映し出す「青火童女」、蛇屋に里子に出された少女の記憶を描く表題作等、密やかに紡がれる8編。幻の名作、決定版。